2019 제이비 문학시선

천만번 불러도 다시 보고 싶은

김백준 저

도서출판 jb 제이비

영백 김백준

| 저자 약력 |

●
●
●

- 전남 고흥 출생(68)
- 부산과학기술대학교 전기공학과 졸업(1992)

『문학산책』 vol.1, no.1 (Autumn/Winter 2018) "봄날의 연주(演奏)" 외

『문학산책』 vol.1, no.2 (Spring/Summer 2019) "작은 꽃잎" 외

- 현) 한국시산책문인협회 수석 운영위원
- 현) 공군 3368부대 근무
- 제2회 문학산책 전국현상공모 우수상 입상(2019) 등

　봄이 아름다운 것은 춥고 서리운 겨울이 있기 때문입니다. 그 추운 계절이 있어 봄을 기다려야 하는 것이 얼마나 삶을 지탱하게 하는지를 안다면 겨울을 미워할 수는 없을 것입니다. 저는 이렇게 생각합니다. 시를 노래해야 하는 것은 시를 노래하지 않으면 견디기 힘든 것들이 있다는 것을 새삼 떠올리게 한다는 것입니다.

　그것입니다!

　〈천만번 불러도 다시 보고 싶은〉을 통해서 그동안의 것을 반추(反芻)하고자 하였습니다. 아마 삶의 여정에서 중간 즈음 왔다고 생각합니다. 세월 속에서 사랑과 믿음을 되새김질하듯 반성과 본디로 향하려는 필자의 의지입니다. 또한, 졸저임에는 틀림이 없습니다. 주변의 크고 작은 평가에도 불구하고 자신이 그린 그림과 새긴 조각이 소중하듯이 필자에게 〈천만번 불러도 다시 보고 싶은〉은 아껴야 할 작품입니다. 필자의 사랑과 믿음의 거울이기 때문입니다. 하지만 인생의 작품이 완성으로 마친다면 겨울이 없는 봄이라 생각합니다. 하여 여전히 우리는 희망을 노래해야 합니다!

아직도 가야 할 길이 있다면, 지금까지 얻은 것은 이렇습니다. 아름다운 봄날에 내리는 햇볕은 따스하고 언덕에 부는 봄의 바람은 싱그럽게 화사한 희망을 노래하게 해줍니다. 하늘에 떠있는 무지개를 바라보며 띄는 가슴을 안고 있다면 아름답다는 말은 인생을 풍요롭게 할 것이기 때문입니다.

그래서 인생은 아름답습니다.
저는 그렇게 믿으려 합니다.

막상 시집을 내겠다고 결심하면서 이 글을 쓰는 내내 마치 받을 상(賞)이 아닌데 단상 하에서 수상을 준비하는 것처럼 떨리는 마음이 가시지 않습니다. 그리고도 많은 말을 준비하였음에도 소감을 묻는 질의에도 어떠한 말도 다 못하고 '하나님과 가족에게 감사를 전하고 싶다'는 말만 입가에 맴돌 듯이 지금 제가 그런 마음입니다.

사실 시와 문학이 가지는 포괄적 순수의 본디를 얼마나 찾아가고 있는지는 아직도 모릅니다. 아마 앞으로도 전진한다는 믿음으로 꾸준히 나아가려 합니다. 말하자면 '온새미로'의 그 것으로 하려 한다는 다짐을 이 글을 읽는 분들에게 말하고 싶습니다. 필자의 첫 시집으로써 〈천만번 불러도 다시 보고싶은 〉은 앞서 언급한 바와 같이 저의 삶을 되짚어보고 그리워했던 것들의 향수에 초점을 두었습니다. 하나님이 주시는 그 순백의 순수를 간직하려는 것이 얼마나 관철되고 이입되었는지를 늘 되돌아보고자 한 것입니다.

나와 남의 관계에서 사물과 현상에 대하여 근심과 걱정 그리고 긍정과 생산적 결실을 지향하는 오성(悟性)의 잠재를 실현하고자 하는 것으로 〈천만번 불러도 다시 보고 싶은〉이 보다 많은 분에게 위안을 줄 수 있는 때안이 되었으면 하는 바람입니다. 그것이 하나님께서 주신 1%의 능력이라도 그 문학적 재능에 봉인된 것을 해제해 달라고 주님에게 기도를 올리는 것이라고 보면 무난할 것입니다.

지나고 보면 제가 그리워했던 것이 많았습니다. 포근했던 고향에서의 정겨움이 그렇고, 바다에서 불어오는 해풍을 맞으며 갯벌에 대한 추억이 그렇고, 타지에서 만나는 정겨운 이들이 그렇고, 직장 동료들의 살가움이 그렇습니다. 무엇하나 버릴 수 없는 것들입니다. 이 모두가 소중한 것들입니다. 밤하늘의 귀한 빛을 내려주는 별들을 바라보면서 이 소중한 것을 지켜달라고 빌기도 했습니다. 하지만, 세월, 사랑과 믿음의 반추에는 소중한 이들을 담을 가슴이 필요하기도 했습니다. 존경하는 어머니와 사랑하는 동생이 그러합니다. 너무 일찍 떠나가신 날에 저 별이 되어 저를 내려보고 있다고 생각합니다. 그래서 흘렸던 눈물이 마른 가슴 적셔주었습니다. 하여 이 〈천만번 불러도 다시 보고 싶은〉으로 태동하게 된 것입니다.

이제 울지 않으렵니다!

짧은 시간과 공간 속에서 자연의 냄새와 향기를 취하고 싶고 자연과 함께 머물러 보고 싶고 인간의 정을 느끼게 하는 어머니의 사랑을 느끼면서 따뜻한 마음의 낭만과 여유를 잠시나마 시를 통해 엿볼 수 있었기 때문입니다. 이제는 조금이나마 알아가는 듯합니다. 시를 쓰는 것은 또 다른 사랑을 하는 것으로 어렴풋이 다가옵니다. 사랑하면서 산다는 것은 우주의 질서 속에서 우리의 우리를 조금씩 나눠주고 베풀어 가면서 일상의 삶을 감사하게 여기는 것입니다. 그것이 의미 있는 삶이라고 다 이르지 못한다 하여도 아주 조금 아주 조금씩 행복을 꿈꿀 수 있는 것이라고 저는 믿고 있습니다.

어머니, 보고계시지요. 저 이쁘게 살아가고 있습니다!

푸른 하늘아래 함께 더불어 살아갈 때 샛별이 머물다간 자리에는 더욱 빛나는 별빛으로 어머니 얼굴을 뵙는 것으로 간주합니다. 같이 있다고 믿으니 더욱 지금의 삶이 사랑스럽고 지금의 하나님과 가족이 더욱 빛나는 소중한 인연이라는 것을 알게 합니다. 이것이 제가 지난 세월 속에 사랑과 믿음으로 어머니가 주시던 그 마음으로 소중한 분들에게 바치고 싶어서 시를 쓰게 되는 원동력이었습니다. 이제는 웃으면서 살고 있습니다. 제가 웃으니 꽃도 웃더라고요. 자연이 그렇듯이 그리고 하나님의 사랑, 가족의 사랑이 그러하듯이 숨을 쉬는 생명력과 같은 작은 소망을 이 작은 그릇과 같은 마음에 행복으로 담아 봅니다.

사랑하는 이들이여!

고향의 별들은 아름다웠습니다!
수많은 별을 세다가 잠이 들곤 합니다. 남쪽 끝 고흥반도 봉암리 고향의 별이어서 아름다울까! 때때로 하늘을 쳐다보며

생각합니다. 그리고 감사를 드립니다. 창조자 하나님의 섭리
와 우주의 아름다운 신앙 속에서 이 삶이 얼마나 행복한가를
느끼게 하니까요.

시(詩)가 사랑이 된다!

밤하늘에서는 밝은 별도 그리고 어두운 별도 없습니다. 어
두운 밤이 있어서 쉬어갈 수 있는 곳도 있으니까요. 더러 다람
쥐 쳇바퀴 같이 돌아가는 하루라는 시간이 고단함으로 주어짐
에도 돌아가는 길에는 사랑하는 이들이 반길 것을 떠올리면,
그렇게 주어지는 즐거움에 감사할 수 있다는 행복감과 고마움
으로 시린가슴을 글썽이게 합니다.

사랑합니다!

그리고 고마워요. 류머티즘에 시달리면서 매일 범사에 감사
하는 아내가 그렇습니다. 너무 안쓰러운데 투정마저 애교를
담아주는 그녀가 너무 사랑스럽습니다. 더불어 사랑스러운 저
의 딸, '사랑'을 저는 공주라고 부릅니다. 자신이 해야 할 일을
도맡아 잘하고 있고, 귀엽고 사랑스러운 아빠의 벗이자 삶의
동반자로서 잘 해주어 고맙다는 말을 하고 싶습니다. 가족들
의 사랑과 응원에 감사드립니다.

이렇게 쓰고 보니 소중한 분에게 사랑으로 전하고 싶은 말
이 저에게 하는 것이 되었습니다. 〈천만번 불러도 다시 보고
싶은〉을 출판하면서 감추어진 마음을 별빛에 실어서 보다 많

은 분이 사랑과 행복이 퍼져나가기를 바랍니다. 무엇보다 이 지면을 빌어 이 졸저를 위하여 도와주신 '한국시산책문인협회'의 정이담 협회장님, 도서출판 제이비(Jb) 김순희 시인님, 그리고 한국시산책문인협회의 회원님들에게 감사와 고마움을 진심으로 전합니다.

끝으로 이 작은 저의 마음을 매일 토닥여 주시고 격려해주시는 하나님께 그 영광을 돌립니다. 부족하지만, 세상에 빛과 소금이 되고자 하는 저의 작은 소망을 담아 감사함으로 행복한 길을 함께 걸었으면 합니다. 감사합니다

용인 석성산을 바라보면서
2019년 4월 25일
영백 김 백 준

천만번 불러도 다시 보고싶은 · ·

| 목 차 |

어느 여인의 꿈

섬진강에 부는 슬픔이여
어느 여인이려는가
작은 꽃잎에 설레이는 바람처럼
따스한 볕에 날개를 만들고
하늘 오르는 홍매화를 본다

동백이 자리 잡는 고향의 등이 되어
나는 이 여인을 업는다
봄 시샘에 맞는 소용돌이인데
더 다가선 마음이 향기에 취하고
봄바람에 가슴은 멍이 드는 곳으로
낭만을 풀어헤치는
여인의 꿈은 이루기 위해
강줄기 따라 예쁜 벗님 설레인다

오늘 같은 날이라면
나는 바람의 등이 되고
그대 여인은 작은 꽃잎이 된다

오늘은
오늘만은 이르고 싶다
너무 좋아 고운 여인이여
섬진강에 부는 슬픔이여 안녕이라고!

봄날의 연주

뭉글거리는 흰 구름을 깔고 앉아
작은 손으로 연신 졸리는 눈을 비비고
노란 개나리의 나발들이
물오른 나무줄기를 걸으며
잎들 사이로 파르르 봄을 연주한다

작은 싹들이 올라오는 소리
바람을 막아 흔들리는 억새들
흘러오는 햇살을 받아 고요한 바위들
보고파 꽃으로 단장한 진달래 가지들
햇살을 이기지 못할 즈음
눈 아래 지천으로 주단을 깔고
봄바람에 맞추어 행진하듯
개나리는 줄을 맞추어 노란 물결로 찰랑거린다

이 고요한 봄이어서
그 어떤 아무 생각이 없다
졸리는 눈이런가!
아직 다 끝나지 않는 향연(饗宴) 속에
소리 없이 다가오며 어른거리는 아지랑이 사이로
티 없는 아기천사인양 자그만 낯빛이 보이고
익숙하여도 수줍은 연분홍 향으로
슬며시 산마루 타고 날아든다

고개는 어깨에 기대고
춘몽에 햇살이 조는 꽃잎을 간질이는데
겨우내 얼어 있던 어느 마음도
발밑으로 사르르 녹아내리어
흐르는 개울도 춤을 추며 봄을 날린다

어머니의 바다

수평선이 보이지 않는 저 끝으로
푸르던 저 파도가 밀리어 오던 그때

몰아친 티끌이 흩어지어
사라지는 구름이 저 멀리에 있고
포말의 흔적 속에 하얀 미소처럼
밀려오는 저 잔잔함 위로
당신의 람색(藍色) 치마를 붙잡던
그 세월을 보내던 이 바람이 푸근히 흐릅니다

곱게 빗은 머리카락이 선을 타고
무명의 선녀처럼 후광도 없이
자주 옷고름 옷깃 여미오며
당신의 걸음걸이로 하얀 모래에
당신을 그리시며
작은 미소로 바람에
보아서 추억을 붙잡고 출렁이는
흐르던 저 물결이 크게도 소리 낼 때
당신의 따스한 품으로 안아 주시던
당신의 람색(藍色) 치마가 아름답고 곱습니다

어머니!
당신의 바다에서
이제라도 당신의 치마에 쌓여
빚어진 조개껍데기 추억이 채워질 때
당신의 넓은 가슴에 엎드리어
사랑을 주시던 파도를
당신의 마음인 양 넘칠 듯이 울어보렵니다

어머니!
영원한 어머니의 사랑이 밀물처럼 밀려오고
당신의 영원히 그리울 때
오늘 이 어머니의 바다에서
당신의 치마에 묻고서 여기에 사랑이 울고 서 있으렵니다

가을의 시인

기다랗게 좁은 논두렁 사이로
노을이 내린 누런빛은
가을바람에 쓸려 퍼져가고
고추잠자리도 쉬어보는
풀잎 끝에 이슬이 비친다

어느 나그네
걸음을 멈추고
지는 해 응시(凝視)하며
멈춰진 허수아비 되어
아득히 홀로 선 곳에
옛 고향의 젖가슴에 안기어서
이정표 없는 향로(向路)에 눌린 가슴을 내려놓는다

가을을 익어내는 들판으로
여물어 곡식들은 하늘을 담아내고
이제 고향의 빛들은
밤하늘에 쏟아지는데
달무리도 비켜 가는 가을 나뭇가지에
향수(鄕愁)를 못 이겨 부르짖는
걸린 구름 속에서 나직하게
나그네는 그저 옛 시인이 되어본다

당신의 머릿수건

호미에 걸리는 돌멩이 서러워서
지심이 못난 잡초 아니라고
이마에 흐른 땀이 눈물 되고
힘겨이 팔매 짓으로
맹물에 취하여도 허기는 수건으로 닦아내고
콩밭에서 새까맣게 하늘이 우시었다

하늘 아래 빛 내리어
흐느껴 우는 바닷바람도
듣지 못한 소리인데
목 놓아 불러 보아도
저 산 메아리만 울리는 날
제비도 날지 못한 이른 개펄이 당신을 부를 적에
막걸리 통 세월이 비틀 걸린 내 모습을 비춥니다

말라버린 홍시의 껍질처럼
까끌막에 걸리는 해진 치마가
이 가슴에 못내 그리운데
아카시아 향기 가득할 때
거칠어진 숨소리에 꿀을 모아
머리맡에 놓으시며
젖꼭지를 붙잡고 놓지 않는 이 새끼를 품으시던
당신의 머릿수건이 목 놓아 그립습니다

*지심=논밭풀   *까끌막=비탈진 가파른 곳

내 누이 같은 두견화여

꽃 색깔이 붉은 것이
비봉산(飛鳳山)의 양지 기슭에 곱게도 올라
밤새 두견새 울어 피를 토한 참꽃이라며
미소 머물고 노래하며
일러주던 내 누이 같은 꽃이여!

양 끝이 좁고 가장자리가
겨우내 얼어붙은 시냇물 따라
꽃은 잎보다 먼저 핀다고
자홍색에서 홍색을 띠고
작은 가지와 잎이 필 때면
꾀꼬리 노래하던 내 누이 같은 꽃이여!

저 멀리 늘 삼월 삼짇날
키도 작고 꽃도 작아
바다가 보이는 산비탈에 바람을 피해
무엇도 맑게도 섞이지 않아
이끼 낀 돌담 너머로 하얀빛처럼
10월 짙은 갈색으로 익지 않고
핏기없이 진달래로 하얗게 되고 싶다고
언제나 기다리는 데
못 잊어 기다리는 데
돌아오는 언약 소식 잊어버리고
하늘나라 소리 없이 여행하는 내 누이 같은 꽃이여!

어머니의 향연

태백의 정화수 달빛 아래
꽃 같은 날을 한 폭의 그림으로 여기시고
가냘픈 무명 저고리 바람을 막아주고
남색 치마를 구름을 비켜 휘날리어도
고사리를 위한 백년가약의 신의를 위해
거북등 되시던 손발이 이 마음에 옮겨 새기렵니다

그대 사랑하는 분이시여!
흘린 땀방울을 그루터기 삼아
가을 낙엽에도 한 줄을 그을 줄 알아
당신보다 작아도 더 크게 사랑을 날리시고
야생화 피어나는 날에도
미소를 애써 감추시더니
울지도 웃지도 못하던 날들에
어찌 아픈 허파만 부여잡으셨는지
검은 그을림에 발만 동동 구르던
그 진줏빛 향기만이 코끝에 저립니다

보내지 않아 보낼 수 없어
이제라도 아니 언제라도
당신의 마음을 들으려
추운 강가에 발이 얼어도 두었던
당신의 정갈한 머릿결에
은비녀를 꼽던 그 모습을 눈물에 담습니다

사랑 할 수 있다면

막내가 살아 있다면
나비가 날개를 펼 수 있다면
엄마가 가슴을 펼 수 있다면
기러기가 울 수 있다면
장미가 꽃봉오리를 맺을 수 있다면
그대가 눈물을 흘릴 수 있다면
그것은 나에게 행복을 가질 수 있다

소중한 시간을 조용히 내려놓을 수 있다면
가슴에 깊은 숨을 마실 수 있다면
행복한 삶을 소중히 간직 할 수 있다면
무덤에 국화꽃 한 송이 놓을 수 있다면
그날에 행복을 꼭 잡을 수 있다면
당신의 눈물을 닦아 줄 수 있다면
영백 그 시간에 함께 시간을 가질 수 있다

사랑이 담긴 음식을 내 줄 수 있다면
시냇물 흐르는 물줄기가 반겨 줄 수 있다면
바다가 강물을 품을 수 있다면
나무가 단풍을 만들 수 있다면
사랑하는 자에게 차 한 잔을 줄 수 있다면
마음의 정성을 다하여 사랑 할 수 있다면
사랑하는 자여, 사랑을 조용히 올립니다

구름

구름 위 솜이불을
사슴들이 어여쁘게

뛰놀던 골짜기를
철 따라 줄을 맞춰

새벽을 가르던 태양
기지개를 펼쳐라

가을 씀바귀

귀를 잃어버린 어머니는 한 달에 서너 번 종합병원에 간다

가는 데는 순서가 없다는데
순서 없이 잃어버리고도 아까워하지 않는다
엊그제는 한쪽 보청기를 잃어버리고
보청기도 해주고 죽은 막내딸도 잃어버리고
가슴앓이하는 기관지 약을 먹는 것도 잃어버리고
세어 버린 씀바귀만 한줌 들고 서있다
세상 걱정을 멀리 바라보면서
공원엔 햇살이 오락가락하고
바람은 구름 뒤에 숨어 흐르는데
잊히지 않는 이름 하나 저 풀뿌리로 남아
손잡아 이끄셨나 보다
돌아오는 차 안에서 열어 본 까만 봉다리
시들고 말라 버린 그대의 육체
가을비는 토닥토닥 흘러가는데
이것 좀 무쳐 주고 가시지!

헌혈

바늘 끝 초긴장에 지구가 흔들린다
바늘이 전봇대야 내 팔을 향해 올 때
아이의 어린 손끝이 양같이 순종하리라

어여쁜 목소리의 주인공 반기리니
한 방울 피 방울이 심장을 공존하고
시간 속 여행 속에서 빨리도 달리구나

속 타는 헛바늘이 자꾸만 갈라지고
옥수수수염 차를 한 모금 적셔주어
임 향한 이 마음만은 한 생명을 구하리라

적혈구 붉은색이 나의 심장 울리고
백혈구 전병들이 나의 몸 보호하고
손 빠른 선생님들의 오늘도 구슬땀을

오는 길 자동차가 심장의 혈압상승
가슴만 콩당 콩당 어쩔 수 없나 보다
상냥한 그대 목소리 포근한 잠을 주어라

노란 가을의 국화

가을이 오면
이 햇살에 떠올라
언덕에 피어나는 꽃으로
노랗게 익어가는 씨앗으로
사랑한다는 이 심장 불태우고
노란 꿈을 우아하게 이루리라

가을이 오면
이 노란 가을에 흘러
티 없는 이슬을 깨우고
이 먼저 피는 꽃이 되어
순정의 이 마음 사랑 되리라

가을이 오면
저 하늘 멀어지는
꽃 이파리 크게 하여
홀로 핀 한 송이이어도
제일 먼저 슬프지 않아
너에게 단아하게 보여 주리라

가을이 오면
그리움의 품속에서

이 머리 위에 두 손 모아
이 가슴 속 너무 깊숙하게 스미는 기쁨으로
제일 먼저 희망을 알려주는 노란 꽃 되리라

가을이 오면
간절히 빌고 싶어라
한 송이 꽃과 같이
너에게만 고이 보이고 싶어라

영백가

청명한 벽공이라 구름도 순백인데
청혈의 순정으로 이름도 영백일세
사랑의 그 마음이야 감탄이다 이르리!

덩치는 산(山)만한데 마음은 천진무구
그 마음 어여쁘게 헌혈을 하시었네
영백님 멋진 님인 건 눈치챈 지 오랠세

봄 냄새

봄 냄새
잎 새 사이로 파르르
개나리 인양 얼굴을 내밀고

산마루 너머로
살며시 고개를 내미는
수줍은 연분홍빛 얼굴을 보이고

얄미운 봄비로 꽃잎을 간지럽히고
소리 없이 다가오는
돌 같은 내 마음이
어느새 사르르 녹아내린다

진달래꽃

비봉산 산기슭에 진달래꽃
내 누이 같은 꽃이여!

겨우내 얼어붙은 시냇물
돌담 사이로 서로 노래하네

지금은 십 년이란 세월 지나
건강의 언약을 잃어버리고
저 멀리 하늘나라 여행을 하네

애찬가

청명한 벽공이라 구름도 순백인데
청혈의 순정으로 이름도 영백일세
사랑의 그 마음이야 감탄이다 이르리!

어머니

콩밭 사이로 새까맣게 그을린
어머니의 백만불 짜리 미소가 그리워지네

어머니
어머니
목 놓아 불러 보아도
저 산 메아리만 울리네

거칠어진 숨소리와 듣지 못한 소리도
제비도 까치도 까불지 말라

저 아카시아 향기가 가득할 때
고사리손 붙잡고 어이 가자
꿀 따러 간 유자 단지 손가락 한 움큼
조용히 묻혀 내 혀에 쏙 들어오네

머릿수건 막걸리 통에 세월은
이길 수 없어서 비틀거리던 내 모습

목 넘어 갯벌에도 낙지랑 문어랑
꽃게도 제집이 있지만
나에게 하늘아래 빛 내리고

아무리 불러 보아도
인생의 고향은 천국으로!

6월의 함성

적탄을 멀리하고
목 놓아 울부짖는 소리가
나의 단잠을 깨우네

전우의 함성에 눈물 흘리고
먼저 가버린 벗이여
우리의 조국은 그대 피로 물들이고

청춘을 하늘로 올리우고
젖 먹던 힘조차도 슬픈 서곡으로
덩그러니 앉은 풀밭으로
우정이 꽃피우고

선배 전우들과 어깨를 세우고
화강암 비석에 새기는
이름 석 자를 바라보고
눈물이 가슴에 벅차오르고
푸른 강산아 이젠 쉬어가자
말조차도 섞이지 말자

너는 하늘에 용사여
조국 산천을 호령하고
천마를 타고 오는 기사여

나는 영원히 조국을 내 안에 품으리라!

황금 잉어

어릴 때 업고 놀고
학교 갈 때 업고 가고

건강하게 자라서
시집가고 아이 둘 낳고

너는 내 인생의 그림자
낭만의 여장부!

오늘도 황금 연못에
황금 잉어를 타고
놀다가 지쳐서 간다

어머니의 날개

날개가 없어도
날마다 날아오른다
꿈속에서 자유롭게
너는 나에게
나는 너에게
나는 공기와 같이
가벼운 존재
어머니 날개가 그리워
밤새도록 눈물로 시를 쓴다

장맛비

장맛비에 날 좀 살려 주오
기다란 대나무 장대에 매달려
이제야 살았거니
내 인생아

나의 고향의 빗소리에
밤새 잠 설치고 어린아이같이 우네
이제 발길 닿는 대로 가거라

오늘도 시원하게 장맛비 내리지 마오
이 밤이 무섭다
번개 친구야
너는 아직도 멈추지 못하고

비야 너는 언제 멈추냐
이맘은 천 리 길인데

소나기

비가 천 번을 내린다
하염없이 내린다
계속해서 내린다
내 마음도 내린다

천년을 두고 세상에 왔네
초가지붕도 기와지붕도
냇가도 강가도
메마른 대지를 적시는
태평양 같은 마음으로

시퍼런 강물이 쉬엄 없이
바다를 덮어 버리네

태양

위대한 만물의 박사
온 세상을 움직이는 힘

광대한 광음을 홀로
날마다 꺼지지 않고 비추네

온갖 식물을 잠에서 깨우고 가꾸네
태양 같은 신이여

만물의 태양이여 영원히
찬란하게 나를 비춰다오

애플의 사랑

애플이라는 벌레 먹는 사과
날마다 노래하네
컴퓨터의 사랑

아이폰 아이패드 맥북 아이맥
딸래미가 너무 좋아해서
날마다 끼고 자네

무한한 우주를 꿈꾸면서
너무나도 아름다운 마음을
가진 애플의 사랑

나는 애플이 아닌
먹는 애플을 너무나 좋다

조용히 내리는 비

조용히 내리는 비
나에게 소망을
안기어 주는데

나에게도 큰 꿈을
준비한 무더위를
삽시간 빼앗아 버리고

고목에서 매미는
소리도 들리지 않구나

장미 한 송이

빛나는 이 밤을
그대와 둘이 걷는다는 것은
당신은 홀로 빛나고
별들도 맞장구치는구나!
저 멀리 들어오는 그대의 목소리도
멀어져 가 버렸구나!

살아 있는 생의 어떤 것인가를
당신은 생각하고 있는가!
사랑을 내 버리고
지금은 아득한 먼 곳으로 떠나가
버린 님은 너무나 미웠다

멀리 기차 소리가 울부짖고
산속에는 부엉이가 홀로 날고
이제는 떠나가 버린
내 님은 미웠다

지우고 또 지워 버려도
지워지지 않는 곳에
파묻혀 버린 그대에게
한 줌의 흙을 뿌린다
그 위에다 장미 한 송이를 꺾어 바친다

나무

외로운 가지마다
풍성한 열매 소리

다람쥐 오락뒤락
산속 깊이 오색단풍

키다리 나무 아저씨
365일 동안 건강해다오

천사의 나팔

하루에 지친 영혼 천사의 나팔소리
새하얀 앙증맞게 내 마음 내려놓고
우리 집 행복 향기 만발 천사 꽃이어라

메스꺼움

별빛이 쏟아진다
불빛이 춤을 춘다
넓은 도로를 경주한다
이리 비틀 저리 기우뚱
버스 진동과 움직임 따라
마음이 흔들린다

전주에 사는 벗

서로 사랑하는 나그네로
초록 바다 먼 고향 떠나가노라

성실하고
인내하고
시련을 참고
고난을 같이 하고
괴롬을 같이 하고
슬픔을 같이 하고
기쁨을 같이 하고
서로를 아껴 주고

정을 나누고
사랑을 노래하고
아름다운 선을 행하고
항상 나를 먼저 생각한다
감사하다

꽃과 나비
푸른 하늘에 구름이 흘러내려도
그 벗이 전주에 있어 행복하노라

겨울비의 애가

비가 아프게 내린다
마음은 천상을 떠나서
깨끗이 씻을 수 있다면
조용히 그리하리라

우레를 친구 삼아
구름 동무들이 힘들었는지
마음은 천 번을 불러 봐도
대답 없는 우운(雨雲)아, 너는 해가 밉니

악마가 발톱을 갈고
갈퀴에 우레를 끼워서
지구로 던진다
나의 가슴을 향해
빗줄기도 마음이 아프다 한다

구름

구름 위 솜이불을
사슴들이 어여쁘게

뛰놀던 골짜기를
철 따라 줄을 맞춰

새벽을 가르던 태양
기지개를 펼쳐라

기도(祈禱)의 장미

장미가 운다
심장의 눈물을 뚝뚝 흘리는 날
좌로 짜고 우로 짜고 비틀어
얼굴은 거친 파도가 일어선다
나에게도 가슴이 울고 있다

장미를 닮은 아내
천상을 오르락내리락
심장은 재생할 수 없어
겨울 단풍에 서리만 못 자국 찍고
콩콩거리는 찢어진 마음을 꿰맨다

오늘 밤
사랑이 넘치는 거리
희미한 촛불에 두 손을 비비며
뜬눈으로 눈물을 뚝뚝 흘리면서
살아 있기만 모아 두 손 기도 올린다

타향의 파타야

파타야 바닷가의 야자수에 드러누워
흰 파도 고향 꿈을 갈매기가 전하고
가슴속 인도양의 바다, 내 어머니 고향길!

늦은 8월에

한 줌의 물바가지 짙어진 계절이여!
떠나는 이 찰나를 세월에 묶어볼 제
보내는 내 마음 인양, 이 비가 쓸쓸하네

산

바위가 좋다
나무가 좋다
풀잎이 좋다

없어서 좋다
있어서 좋다

바위와 나무는 나를 받들고 있다

정을 내어 주어서 좋다
짐을 받아 주어서 좋다

아무것도 내려놓고 올 수 있어서
네가 참 좋다
너이라서 좋다
네가 좋아서 좋다고 말할 수 있어서 좋다

벙어리 묵상

벙어리 한 손짓이
이집트 피라미드를 그린다

님 계신 서당 밭에 굴비 한 다발
아이의 동냥젖에 동화책 그림발이
아버지 밭갈이 가게 막걸리 한 통 가득

여인의 울음소리 자녀들 맘에 묻고
목마른 어린아이 하늘에서 노니 운다
영혼을 살리려는 십자가가 피 뿌린다

매연 속 연기 속에서
타이어가 노래하면
목동의 어린양처럼 푸른 초장 찾는다

탑골공원

삼일절 추억몰이 선열의 함성이여!
영혼을 드리우니 멋쟁이 삼십삼인
국가 혼 맘 드러내고 바람 소리 울리네

소나무 향기 밭이 내 마음 갈대 소리
팔각정 그늘 아래 쉬는 정 그려보고
십층 탑 한스럽게도 변함없이 높더라

바윗돌 겨레 사랑 손병희 애국지사
흙냄새 나라 사랑 보고픈 순국열사
쉼 없이 목청소리로 대한독립 만만세!

제주의 바닷가

휘황(輝煌) 찬 보름달이 소나무 사잇길로
마음뿐인 나그네가 주막을 사모하여
막걸리 한 사발 가득 목마름을 가시네

한 덩이 호박덩굴 각시방 유채꽃잎
연꽃잎 청개구리 부러워 개굴개굴
한 시울 말썽꾸러기 호리기가 아쉽네

백마의 초인들이 먼지를 휘날리며
님 계신 바위섬에 갈매기 노래할 때
그리운 동백섬 위에 사랑스러운 아낙네여!

양쪽에 물줄기를 가로수 갈라놓고
호수를 앞에 두고 달빛을 안주 삼아
막걸리 생각이 나서 내 마음을 달래볼까!

목화 삼매경

모래흙 두덕 삼아 씨앗을 발사하니
저마다 자리 삼아 생명을 속삭이고
종달새 왔다 갔다가 하루살이 바쁘고나!

연두 향 다래 맛이 배고픈 추억들아
잠시도 멈출 줄만 알고서 바삐 가자
석양이 한우 등거리 타고 가는 아이야

인고 후 갈라지고 손발이 부르트고
가슴에 따뜻한 맘 흰머리 하얀 송이
어머니 사랑앓이가 내 마음을 울린다

*한우등거리: 소등의 전라도 방언

작은 꽃잎

가냘픈 잎새 사이로 내미는 얼굴
하늘을 바라보니 날 닮아서
이슬 한 방울 선물 바구니 담아
세상에 작은 봉오리 한 개
수줍은 누이 얼굴 같은 것이
하품을 길게 봄을 재촉한다

강물에 떨어진 작은 꽃잎
붕어 아저씨 안녕 개구리 연꽃 사이로
요리조리 잘도 피해 세월을 낚아서
예쁜 항아리 속 잿빛 향기로 새로 태어나
오색 물결 사이로 추억의 새얼굴
작은 꽃잎이 숨어 숨어 버렸다

아이의 살깃 밖으로 얼굴을
이제 막 밖으로 내밀고 태양을 보아도
눈도 부시지만, 때때옷 자랑도
작은 꽃잎으로 날개옷 되었으니
기다란 장대 위에 걸린 듯이
우리 아가 옷이 곱게 되었다

나팔꽃

주황색 불그레한 머리는 하늘 향해
구름을 친구삼아 휘감은 줄기 따라
천상의 누이 보고파 밤마다 설쳐댄다

소나무의 일생

온 곳을 굳이 알까
갈 곳을 애써 볼까
북풍 찬바람 골짜기 눈물에도
천년을 서로 안고
하늬바람에 곡식이 익으면
천만년 열매가 맺어버린 둘러보고
하얀 서설을 기다리며
푸름을 잃지 못한다

늙은 나무는 없고
굽어 청청을 향하여
하늘을 이고 고향을 살피어
이제야 쇠약하여 앙상한 고목으로
생명 고이 이어가는 나의 삶이 된다

배고픈 사과

배고픈 사과 네 개 아쉽게 붉었어라
형제가 나누어서 맛있게 사각사각
어머니 시장 다녀온 장바구니 사과 넷

막내와 나눠 먹는 능금이 반쪽밖에
오형제 정이 오는 입맛은 천상일세
힘들게 오백 원 주면 얄밉게도 생겼네

오백 원 더 가지고 사과를 한 봉지 더
먹고는 싶겠지만 십 원만 딸랑딸랑
살아만 있었더라면 사과 한 개 다 줄 것을!

아내의 생일

아이코 잊었어라, 생일날 축하 케익
남편도 딸내미도 날카로운 눈 초롱이여
화들짝 낯짝 뜨거워 외식으로 돌이킨다

태풍 솔릭

어머니가 남기고 간 폭풍우 속에
새로운 생명체가 울어
천둥이 물었다
해님은 어디 감추고
새까만 먹구름이 어깨에 힘을 주면서
내가 먹어버렸어
천둥이 우레를 던지면서
내가 힘이 제일 센데

앞 냇가에 꼼짝도 아니한 늙은 바위가
시끄러워서 통 잠을 잘 수가 없어
넋두리하면서 반쯤 감은 실눈을 뜨고
하염없이 늘어지게 하품을 하면서
기지개를 켠다

삼일 진통 끝에
아기 햅쌀이 온 세상을 깨끗이 쓸어가 버린다
새끼 새도 목청껏 합창하고
아랑곳없이
솔릭은 바람과 구름 비를 남기면서
홀로 울어 동해에 발을 담그고 있다

마라도

대한민국 최남단 마라도
슬픈 바다 역경과 바람 친구
돌무덤 푸른 언덕 아래 작은 학교
방파제 돌을 부숴 먹는 파도

불던 바람이 잠잠해지면
갈매기도 우렁차게 소리 높이고
겨울 찬바람이 낮은 날으면
저 언덕 위로 당신의 십자가 보인다
최남단 표지석 빗 바람 홀로 겪고
등대로 벗 삼아 언제나 서면서
변하지 않는 저 바다로
돌멩이를 힘껏 던져도
이 마음을 위로해 준다

오월의 소리

뻥 뚫린 가슴에 최루탄 향기가
이슬 방울에 촉촉이 매달고
하얀 국화꽃으로 얼굴을 내밀어
줄기에 목소리로 가득 채운다

울어야 할지 웃어야 할지
넋이 나간 허전한 가슴에
슬픔을 달래는 작은 국화도
항변의 목소리로 가득 채운다

얼굴에 사무치는 넋이 허공을 떠돌다가
이제야 비석에 손바닥만 한 땅을 옮겨와
나의 목소리를 한 옥타브 올리고
조용히 이슬로 머물다 고향길 간다

봄비

수많은 세월에 매정한 가슴 열고
새싹에 입 맞추는 이 비로 화답할 제
당신이 뿌린 눈물은 고운 사랑이 된다

무수한 별님들도 당신을 만나고자
이억 만 리 해리를 길게도 늘어드려
은하수 헤엄쳐가서 태양 향해서 뿌려라

화음

천상을 울리는 목소리
베토벤도 울고 가고
어머니 셋 딸도 어깨춤을 들썩이고
여인의 입맞춤을 멀리하여
영혼의 살찌는 웅장함이
관현악의 바이올린 첫 장을 옮기어
비올라 따라가고 첼로와 더블베이스 호흡하고
뒤따른 플룻도 뱃고동 올리고 나팔이 춤을 춘다
어머니 오르간의 딸내미 피아노 열고
아빠 드럼과 아들이 스틱을 챙기고 '열창'을 내린다
열창을 총각 지휘자가 하늘을 가르니
동공이 흔들려 자색 빛줄기 연발할 때
복식호흡 허리춤을 가수가 재롱 피울 때
천상에 하늘소리 천사가 날개 펼치오면
천상을 울린다
가슴 밖으로 내린다
천하를 호령하는 군무를 활짝 펼쳐진다

새하얀 눈

언제나 다가오는 탐욕에 눈감고서
당신을 바라보듯 백설을 기도하며
밤새워 하얀 천사를 고요히 기다린다

피아노

1
소리가 춤을 춘다, 흑백장군 발자국
소리를 다스리는 은쟁반의 소리꾼
소리샘 나무에 걸고 쉬엄 없는 눈물샘

2
피아노 춤을 추고 하얀 색깔 검은손
소리를 다스리는 금쟁반의 일꾼들
손가락 나무에 걸고 끊임없는 피눈물

3
하얀 손 검은손에 건반의 마술인양
땀방울 흘려놓고 바쁘게 오갈 적에
관절염 부르튼 입술 이 가슴을 울린다

낙엽3

낙엽이 딸랑 한 잎
해풍 소리 정겨워

고향 집 감나무 잎
한 개 딸랑 까치밥

어머니 얼굴 그리워
하염없이 내리어라

고향 냄새

동녘에 산들바람 소리새 기저귀고
한 움큼 비바람이 소식을 회귀하고
남해의 파도 소리가 내 귀가에 선하다

그리운 마음속에 기러기 높이 날아
제비도 소식 전해 강남 갈 준비하고
막혀도 갈 고향 냄새 기다리고 있어라

어머니 낙골당에 발걸음 무거워서
얼굴이 붉어지고 마음의 눈물보다
동녘이 새는 줄 몰라 귀뚜라미 알거냐

하늘을 올려보니 새파란 얼굴 그려
그림판 옮겨놓니 어머니 모습 닮아
왜 이리 무거웠던가, 너도 우는 코스모스여!

가을 국화

당신이 만들어 놓은 수에
창조에 아름다움을
그리어 그 생명을 불어넣어서
작은 잎사귀와 노란 향기를 가득 채우고
캔버스 가운데 옮겨놓았으니
당신의 순수한 잎에 초록을 입히고
주근깨 작은 얼굴에
노란 머리를 곱게 땋으오리라

붉으스러이 사색을 띠고
금방이라도 울음보를 터뜨리는
어여쁜 한 송이 되어
어느덧 가슴에 한 아름 안기면서
이 가을을 앞당기면
수척한 당신의 모습을 볼 때
앙상한 허리춤을 멀리하고
팔다리 말라가는 꽃송이가 안쓰러이
볼품은 없어 향기도 없지만
내년에는 더 사랑스럽게
이 가을을 기다리고 있겠지

낙엽

밤새 소복이 쌓인 낙엽 소리
귀 멀듯 미명에 소년의 기도이듯
단풍나무 사이로 걷는
연인의 다솜이 그리운 향수되어
은하수 별님을 닮고서
가을 사색의 밤이 깊은 줄 모른다

떨어진 이파리를 홀로 걷는
아름다운 그대는 누구인가!

마음의 단풍잎을
붙여 볼에 부비면
어느새 그 얼굴의 보조개로
아름다운 그대여!
그대는 가을 낙엽을 걸어
천사 닮은 하늘의 울림을 전하고 있다

가을 편지

가을에는
단풍잎 고운 맵시 사이로
다솜과 낙엽을 담고 싶습니다
그대 영롱한 눈을 보면
따뜻한 다솜의 감정 느낄 수 있는
그런 인연이고 싶습니다
나무의 풍만한 풍채를 바라보면서
낙엽을 그대에게 안기고 싶습니다

가을비가 오는 날에는
다솜이 가득한 눈 정으로
단미를 맞이하고 싶습니다
나뭇잎이 불타는 강가에서
단미 얼굴을 바라보면서
낙엽의 향수를 맡고 싶습니다

가을에는
나릿물 있는 꽃길에서
단미와 손잡고 다솜하고 싶습니다
단풍잎이 한잎 두잎 흩어지고
바람에 날리는 마지막 한 잎 잊어버린 날
소녀의 생명을 다솜하고 싶습니다

가을에는
낙엽이 지구의 은하수 다리를 건너
한 방울 남은 수액을 바라보면서
마지막 다솜을 속삭이고 싶습니다

가을에는
단미의 가슴에 한 줄로 낙엽을 수놓아
지워지지 않을 다솜을 남기고 싶습니다

가을에는
하늘나라로 간 단미에게
한 줄 편지로 다솜을 전하고 싶습니다
가을에는 한 영혼을 다솜하고 싶습니다

*
다솜: 사랑
단미: 달콤한 여인/사랑스러운 여인
고운매: 아름다운 맵시, 모양/ 아름다운 여인

코스모스

팔선녀 여덟 잎이 형형색색 아름답습니다
흰색 분홍색 자주색을 천사가 내려주어
잃어버린 도시의 웃음꽃을 찾아서
황무지에 꿀단지 같은 향기를 전하며
지나간 태양 빛이 엷은 빛깔을 누비고
여덟 선녀 내려와 꽃씨를 놓고 올라가 버렸습니다

여인의 아름다운 스카프에 수를 놓습니다
코스모스 잎 새 사이로 꽃잎이 하나둘 떨어지면
나비랑 고추잠자리가 나풀거리는 꽃잎 너머로
가을을 놓고 살며시 가버리는 향기를 날리며
꽃 입술에 하얀 이슬의 영롱한 빛을 비추어
갈바람 푸른 하늘이 한들거립니다

진주 남강

촉석루 성곽루에 한 많은 여인네여
남강의 붉은 물결 이제는 잊을소냐
검푸른 물결 소리에 이 밤을 못 잊으리!

절개한 논개 여인 고귀한 죽음으로
진주는 영원하리 날마다 푸르리라
삼천리 아름다운 강 무궁토록 빛나리!

깊어진 가을밤에 달빛은 저 밝으니
죽음의 한 영혼이 하늘에 다 달아서
고독한 삶을 위하여 이 청춘을 불사르리!

낙엽이 흘리는 눈물

그대 낙엽이여!
낙엽이 내리는 뼈를 묻는 밤에는
떨어지고 헤어지고 내려놓아야 합니다
때로는 욕심이 미련이기에
당신 아닌 당신을 버리고 홀로 돌아서야 합니다.

그대 낙엽이여!
푸른 청춘의 그림자를 멀리하기에
수많은 초록 없는 잎새는 우주에 떠돌고
인생의 희락을 위해 조용히 대지에 내려서
아름다움을 몸소 허락하시면
미래의 이상을 꿈꾸는 어린아이같이 진실을 말하려고 합니다

그대 낙엽이여!
가을 달밤은 가슴의 냉장고를 만들고
북극의 서리를 내려놓고
심장의 고통을 열어 놓고
영상 속에서 가지려니 꽃 가신 놓고 가겠습니다
헤어진 저고리 부비고 손발이 천상을 오갈 때
보드득 밟혀서 주인님 귀가를 울게 합니다

그대 낙엽이여!
울긋불긋 고운 잎새는

당신의 발등 아래에 조용히 내려놓고
대지의 중심으로 숨겨 주소서
가을은 당신의 마음을 들었다 놓았다 하며
이 밤도 별이 되어 그대 품에 고이 안기려 합니다
많은 여인의 사랑 이야기가 낙엽 때문에
낙엽은 이별의 눈물을 흘려야 할까 고민합니다

그대 낙엽이여!
추억의 역사를 짊어지고 가옥을 세우며
내 바램은 한 줌의 낙엽이 되어서
시냇물을 따라 달나라 토끼 절구통에 놓으면
사랑 이야기보따리 내려서
은하수 불을 밝히고 듣지도 보지도
만나지 말아야 할 우주 별똥별 꼬리를 무는 해리를 이끌고
이억 만 리 찾아올 그대를 위해
창살 없는 창문을 열고 이 밤을 이슬로 내리어
장수는 명주실로 낙엽을 엮어 갑옷을 만들고
오랑캐 쳐부수러 갈 때
내 가슴을 소리 없이 밟고 가시옵소서
저는 다리가 아파서 가는 길에
두레박 물 한 방울만 주시고
살며시 부비며 가실 잎새 머리에 꽂아
단장 하여 우물가에 비추는 고운 님 멈추고
하얀 접시에 입을 맞추렵니다

그대 낙엽이여!
꿈속에서 나는 꽃밭에서 웃지만
이별의 그림자가 왜 그렇게 짙게 물들지만
마녘에서 당신의 볼에 입맞춤으로 내려 놀까 합니다

낙엽이 흘리는 눈물은 왠지 슬프니까요!

추억의 역사를 짊어지고 가옥을 세우며
내 사랑은 한 줌의 낙엽이 되어서
시냇물을 따라 달나라 토끼 절구통에 놓여
사랑 이야기보따리 내려서 은하수 불을 밝히고
듣지도 보지도 만나지 말아야 할 우주 별똥별을
꼬리를 무는 해리를 이끌고 이억 만 리 찾아올까
그대를 위해 창살 없는 창문을 열고 이 밤을 이슬로 내리어

장수는 명주실로 낙엽을 엮어 갑옷을 만들고
오랑캐 쳐부수러 갈 때 내 님을 소리 없이 밟고 가시옵소서
저는 다리가 아파서 가는 길에 두레박 물 한 방울만 주시고
살며시 부비며 가실 잎새 머리에 꽂아 단장 하여
우물가에 비추는 고운 님 멈추고 접시에 입 맞춥니다
당신은 꿈속에서 나는 꽃밭에서 웃지만
이별의 그림자가 왜 그렇게 짙게 물들지만
마녘에서 당신의 볼에 입맞춤으로 내려 놀까 합니다
낙엽이 흘리는 눈물은 왠지 피눈물이 고였을까?

낙엽

당신을 위해
찬 바닥의 여유를 두기 위하여
매일 매일 조금씩 상처를 치유하며
낙엽은 슬픈 마음을 덮으렵니다

나무의 안식을 찾아서
당신을 위해 겸손한 마음 준비로
당신을 위해 하나의 낙엽으로 덮고
당신을 위해 매일 생명을 다하겠습니다
고단한 하루가 지나면
당신을 위해 소리 없이 내리는
시밝 이슬과 같이 차가운 대지를 낙엽 되렵니다

매서운 바람이 불어도
당신을 위해 메마른 대지의 온기를 느끼며
당신을 위해 사랑하고 지키며
당신을 위해 조용히 대지에 내려서 보듬겠습니다

두 번째 인생

난 두 번의 인생을 산다
남들은 '아니다'라고 말하지만
시냇물이 흐르는 길을 따라 살아간다지만
가는 길에 흰 꽃송이 춤을 추고
처음에는 큰 바위와 같았지만
인생의 갈림길에 조물주 의지대로
여섯 번째가 아닌 둘째의 서러움을 아는지
나를 주워서 키웠는지
혹 집 밖으로 내쫓겨닐 수도 있는 존재로
비 오는 날 처마를 쳐다보니 울 엄니는 어디가고

열 손가락 가르쳐도 아무 반응 없이
여름 폭포수처럼 실컷 울어보지 못하고
빛 바란 낙엽만 바라보다가 고개만 떨구고
영혼이 떠난 관 위에 하얀 대국이
오늘따라 어찌나 보고 싶지 않은지
마음은 우는 가야금이지만 눈물 한 방울도 안 나고
텅 빈 보리 쟁반같이 살기 싫었다

천하태평 하는 울 엄니
어느 천사가 데려갔냐
천사 같은 울 엄니를
오늘은 꿈속에서 만나 봐야지
구름 타고 놀다 가겠다

동화책

님 계신 서당 밭에
굴비 한 다발 들고서는 아이의 동냥젖에
동화책 그림밭이 펼쳐진다
아버지의 밭갈이에
가게 막걸리 한 통 가득

이집트 피라미드도
벙어리가 한 손짓이 무너지고
매연 속 연기처럼 타이어가 노래하는데
목동은 어린양이 되어 푸른 초장을 찾는다

펼쳐져라 동화책 그림밭이여!
여인의 울음소리 속에 고운 자녀들 맘을 묻고
영혼을 살리려고 십자가 피 뿌린다
동화책에서는 아직도
목마른 어린아이를 위하여 하늘이 울부짖는다

과일의 항변

에어컨 비켜나라
수박이 나가신다
노란 참외들이 목줄을 세워둔다
단순 후치한 자두들이 시큰하고
미안한 마음 들어 바구니에 사과가 가득하고
마음도 따뜻하게 복숭아 웃음꽃을 피워낸다
얼굴에 주근깨 가득 함박웃음 딸기들이여!

앞서간 모과들이 나는 왜 과일인가!
딸래미 좋아하는 앵두의 마스코트
어머니 마음 같아서 웃고 있는 석류여

오늘은
과일이 우리가 되어 내일을 노래한다

가을은 아름답습니다

가을은 명절에 대보름 달 마음에 담으니 아름답습니다
가을은 코스모스가 고향길을 반기어 주니 아름답습니다
가을은 내가 새로운 태양 빛을 받는 날이 아름답습니다
가을은 신이 주신 작은 국화 향기를 주니 아름답습니다

가을은 맑은 하늘을 선물로 주심을 감사하니 아름답습니다
가을은 많은 과일의 결실을 보게 하시니 아름답습니다
가을은 아름다운 풍경을 앙증맞게 보심이 아름답습니다
가을은 사랑하는 가정이 더 행복하심이 아름답습니다

가을은 말보다 더 이청득심(以聽得心)으로 아름답습니다
가을은 사랑하는 사람들이 많아지는 풍년이 아름답습니다
가을은 우리가 풍성하게 먹을 수 있게 하심이 아름답습니다
가을은 미움이 없어지고 맑은 유리 빛 같은 마음이 아름답습니다

잃어버린 장미

시공간 속에서 멈추지 못해 늘 아쉬운 마음을
애달프게 기다려 보아도 잡지 못해
들었다 놓았다 33송이의 붉은 장미 한 다발
이렇게 많이 산 본 기억은 없습니다

아무 말도 못 하고 얼굴만 빤히 쳐다보고
그녀는 내 생애 정을 많이 드리고 얼마 남지 않은
시초를 다투면서 생의 마지막을 위해 전심으로
나의 눈을 맞 추고 두 손을 꼭 잡고 마지막 인사를 합니다

얼마 남지 않는 생명을 위해 그렇게 기뻐하는
장미 다발에 미소를 띠고 잃어버린 청춘을 위해
밤새 창조주를 의지하고 부르르 떨리는 목소리가
시밖의 구슬프게 천지가 감복하여 향기가 상달 됩니다

고달픈 인생을 내려놓고 영혼이 쉴만한 천국으로
올리니 구진 빗 바람과 천둥으로 화답하고
창문을 때리는 핏자국의 열기가 식어도
어느새 하늘이 열리고 만국기가 휘날립니다

천상의 나팔 소리가 행진하고 꽃병에 말라 버린
장미 한 다발 생명을 불어넣고 부활에 소망을

부풀려서 천성 문을 향하여 마중하리라며
잃어버린 장미의 아픈 가시를 마음에 품고서
긴 밤을 침상을 눈물로 시(詩)를 뿌리려 합니다

가을 편지

가을에는
단풍잎에 편지 쓰고
낙엽을 담고 싶습니다
그대 영롱한 눈을 보면
따뜻한 사랑의 감정 느낄 수 있는
그런 인연이고 싶습니다
나무의 풍만한 풍채를 바라보면서
낙엽을 그대에게 안기고 싶습니다

가을에는
푸른 호수가 있는 꽃길에서
그대와 손잡고 사랑하고 싶습니다
단풍잎이 한잎 두잎 흩어지고
바람에 날리는 마지막 한 잎 잊어버린 날
소녀의 생명을 사랑하고 싶습니다

가을에는
가을비가 오는 날에는
사랑이 가득한 마음으로
그대를 맞이하고 싶습니다
나뭇잎이 불타는 강가에서
낙엽이 지구의 은하수 다리를 건너

한 방울 남은 수액을 바라보면서
마지막 사랑을 속삭이고 싶습니다
그대 얼굴을 바라보면서
낙엽의 향수를 맡고 싶습니다

가을에는
그대의 가슴에 한 줄로 낙엽을 수놓아
지워지지 않을 사랑을 남기고 싶습니다
가을에는
하늘로 보내는 가을에는 한 영혼을 사랑하고 싶습니다

상사화

간밤에 몸서리치고
하늘의 진액을 받아서
간담이 서늘해지는 잎 새 사이로
고이 붉은 잔상을 남기고
우주를 사랑하는 아름다운 자태를 드러내지 못하고
고운 입술을 살짝 닿는 짜릿한 여인으로
아침 기지개를 길게 켜고
마음껏 뽐내는 새아씨처럼
하얀 솜털 사이로 수술을 길게 드러내고
남정내의 가슴에 먹물이 스쳐 가는
휘황찬란한 몸매를 쭉 드러내어 놓고
햇빛에 반사되어 반쯤 감긴 눈으로도
다시 돌아보게 하는 천상의 꽃이여!

깊은 지하에 숨소리마저 감추어
인내의 쓴잔을 마시고
세상에 누구를 가두고
힘차게 뚫고 나오는 기백으로
매끈한 줄기 끝에 방울을 달고
마음껏 우주의 이슬을 내려
만나지 못한 인연 때문에
가슴이 너무 아파서 뿌리가 흔들리기까지

몸부림으로 꽃단장하고
밤새워 기다리는 데 당신은 오지 않고
화려하게 얼굴을 내밀어도
그림자조차 없는 찬란한 시간을 보내고
인내 끝자락에 진액이 마를 때
연두의 소박함으로
감히 경이롭고 영롱한 영혼의 불꽃이듯
초록의 잎새로 나의 사랑을 받는 그대여!

만나지도 못한 가슴앓이로
한이 맺힌 상사화여 발소리라도 들릴까
지구 끝까지 깊은 바닷소리에 귀 울리고
창공을 떠도는 뭉게구름에 물어도
당신은 대답이 없이
당신이 없는 바람을 가르고
천년을 멀리한 구멍 난 가슴에 바람만 주고
빛나는 줄기 사이로
새벽이슬로 잠시 머물다가
숨소리조차 기약할 수 없는 아쉬운 임이여!

만나지도 못한 가슴앓이로 한이 맺힌 상사화여
발소리라도 들릴까, 지구 끝까지 내려갔지만

거기에는 허공뿐이고 깊은 바닷소리에 귀 울리고
창공을 떠도는 뭉게구름에 물어도 당신은
대답이 없이 비구름을 몰고 온 번개가 당신의
뒷모습만 바라보고 당신이 바람을 가르고
천년을 멀리한 구멍 난 가슴에 바람만 일고
빛나는 줄기 사이로 황홀한 자태를 드러내고
은하수 사이로 지나, 님을 기다리지 못해 새벽이슬로
잠시 머물다가 내년을 기약한들 시간을 돌려보아도
숨소리조차 화려하게 만날 수 없는 님바라기 상사화이여

시월은

잔잔한 주름살이 그득한
그녀의 향기를 맡을 수 있다면
행복이란 마음을 울리고
노란 향기가 콧잔등에
내려앉는 나비가 어여쁜 오감으로
눈부신 얼굴에 그림을 그리고
보랏빛 중후함으로
시월의 행복을 조용히 내려놓고 가면
한 폭의 수채화처럼 남기고 싶어
코스모스 밭길에 고추잠자리를 찾아
난 오늘 사랑을 남기고 싶다

시월의 낙엽

나른한 오후
한적한 호숫가에서
유난히 붉은 낙엽을 보았네
노을에 등잔을 들어내고
물가에 비치는 그려지다 지워진다
반복하는 모습이여!

몇 시간이 지나는가
너무나 아름다워서
보이는 꽃잎은 보이지 않고
가을비 내리는 낙엽을 맞으며
사랑의 연무를 화려함을 날린다
고추잠자리 넋이 나가고 호수가 춤을 춘다

잠시 멈춘 빗소리에 청춘의 기를 부르리라
가을의 코스모스 노래하는 장단에 춤추고
오늘 흐르는 물줄기는 우리의 걱정거리를 실어서
말없이 가을의 향기에 취한다

오두막 홀로 눈물을 흘리고 십자가 꼭대기에
두루미 한 쌍이 부비부비 서로를 겨끔내기 하여
그루터기 쓰다듬어 나래의 날갯짓을 마음껏 펼치고
이제는 낙엽이 군무를 이룬다

이름 없는 용사

누가 불렀는가
조국을 위해 싸웠노라
부모님을 멀리하고 68년 만에 그늘 석 아래에서
햇빛은 등지고 이른 시간 속에 반세기가 지나도
64위 의인은 누구를 위해 목숨을 버렸는가

조국 산천의 붉은 카페트 길게 늘어 들리고
한 줌의 흙이 되어 푸른 강산에 목소리만 남긴 채
태극에 상처를 감싸고 애틋한 조국의 품속으로
쏘옥 안기어 한 많은 영혼의 연가가 울려 퍼져라

조국 품에 안긴 호국 영령이여!
허공으로 삼아 그리움도 되새기도
이제야 사랑하는 따뜻한 조국에 품 안으로 안착하니
오랜 시간 먼 길 거쳐 오시느라 벅찬 치유의 시월이랴
혼불이 집마다 내려앉아 이제나 돌아볼까!
가을 하늘은 높고 푸르매 동해는 마르지 않고
백두산만 높다 하되 장진호 전투 순국선열 아름답습니다

그대 이름은 아버지

아버지의 지게는 약간 비딱하게 받쳐 든다
나무 한 짐 내려놓고 먼바다를 바라본다
무엇이 그렇게 힘들었을까!
담배 연기가 자욱한 안개를 만들고
물끄러미 파도만 바라보고
망부석 돌처럼 들리지도 않는
귀를 붙들고 선 그대 이름은 아버지

파도 사이로 떠오르는 얼굴
보이지 않는 눈을 비비면서 바라본다
어느덧 졸음이 파도와 닮아서
모래 위에 아버지 얼굴 그리면
심술쟁이 파도가 지워 버리고
펴지지 않는 허리를 잡으며
목청껏 불러 본 그대 이름은 아버지

당신은 큰 바위와 같아서
삼팔 청춘을 조국을 위해 피 뿌리고
한 줌의 흙으로 눈을 감지 못해 산화되어
바닷물이 되어 광복을 위해 왔노라
하얀 해무를 몰고 이를 드러내고
흰 머리 바람에 맞선 그대 이름은 아버지

금줄이 풀리고 메뚜기가 짐이 되어
오토바이 불을 뿜고 신나게 달려본다
아내와 추억 속에 아버지 웃음꽃이
어찌나 아름다울꼬!
옆구리 앙상하여 찬바람 불 때면
매서운 겨울 바다는 아버지 닮아서
폭풍을 삼키는 그대 이름은 아버지!

나무2

하늘을 향해 두 팔을 벌리고
너는 팔이 안 아프니 난 아픈데
다리는 지구의 중심을 향하여
보물을 묻은 채 지탱해 가는 다리도
쉬어야 하는데 너는 안 아프니!

계절을 따라 형형색색 아름다운
보석으로 몸도 치장하고 꿈을 꾸니
때로는 팔다리도 잘리고 상처 입어서
약도 바르지도 먹지도 않아도 괜찮니
비가 오는 날이며 우산도 쓰지 않고
네가 때로는 부러우니까
나는 비만 오면 쑤시고 지하로 내려가는데
온몸은 수세미같이 굳고
팔다리 손끝 마디마디마다 없어지는데
깊은 우주에서 나를 부르고
나는 마지막 지구에서 힘을 다해 버티는 중이야

말라 버린 장미

폭음으로 가득한 더위가 화살을 쏘고
가장자리에 장미 한그루 꽃봉오리 마르며
일주일 만에 찾은 자리에 거미줄을 걸치고
고향의 냄새가 아픔을 나눈다

더위가 너무 심해 줄기가 힘을 잃어 잎이 떨구고
뿌리의 아픔이 밤을 새워 이겨 냈지만
에어컨의 나쁜 놈이 한 방울 남은 습기를 가져가고
흙이 되어 마른 웃음으로 날아간다

기다려도 오지 않는 그대를 작은 풀잎으로
바짝 말라 비틀어 버린 줄기 사이로
가시만 날을 세우면서 눈물을 흘리면
생명을 다하여 말라 버린 장미 같은 사랑이여!

온 땅이여

온 땅이여, 즐거운 열매를 내며
기쁨으로 주인을 맞이하리라
우주를 창조하시니 신께서
우리를 친히 보호하시고 인도하시는
목자라 그의 기르시는 양이로다

감사함으로 곡간에 드리우시니
우리의 영광이요 광채가 빛나고
진주문에서 맞아 주시니
그의 이름을 우주에 널리 알리니
창고가 차고 넘치시는 주인이라

인자하신 진리로 가득 채우시고
지구의 영존과 은하수를 움직이고
샛별같이 빛나고 성실하심이
나라에 임하니 영원무궁토록
그의 이름이 찬송을 부를지어다

마음의 대못

가슴이 아파서 대못을 치고
혼을 맷돌로 갈아도 듣지도 못해
지구에 화산 속에서 용암을 올려서
용트림 날갯짓에 꺾기고 부수어
쇠사슬에 묶여 피 방울을 뚝뚝 흘립니다

긴 칼로 심장을 도려내어 꺼지지 않는 불에
혀를 뽑아 강물에 던져 넣을 때
나를 죄악에서 구원하옵시고
이 죄인을 긍휼히 여기소서

구세주여
속히 구원하옵소서

사랑하는 나의 님을 위해

님을 위해 가을 낙엽을 한 바구니 가득 담았습니다
나의 사랑을 가득 담은 마음속으로 잠겨 보았습니다
찬바람 부는 옛 항구에 갈매기만 바라보면서
당신을 위해 눈이 멀어 당신 마음속만 들여 보아도
당신은 보이지 않고 흰 파도만 춤추고 있습니다

님을 위해 소라 조개를 한 바구니 가득 담았습니다
나의 포말을 가득 담고 당신의 얼굴을 보았습니다
안개비 내리는 부둣가에 지평선만 바라보아도
당신을 위해 귀가 먹어 스쳐 가는 귀를 바라보아도
당신의 소리는 흔적 없는 메아리로 울리고 있습니다

님을 위해 떠나가는 뱃고동 소리를 가득 담았습니다
나의 사랑을 가득 담고 당신의 뒷모습만 보았습니다
차갑게 불어오는 북풍을 뺨이 흐려지는 것을 바라보면서
당신을 위해 떨리는 입술소리에 입만 바라보아도
당신의 목소리는 소리 없이 눈물만 흐르고 있습니다

님을 위해 남긴 장문의 편지 한 장 달랑 남았습니다
임을 위한 아픈 상처만 담고 당신을 고이 보냈습니다
내년 봄이면 새싹이 다시 세상에 얼굴을 내밀어 보아도
당신을 위해 갈 수 없는 마음만 가득히 담아 보아도
당신의 빈 무덤은 장미 덩굴로 살포시 덮고 있습니다

사랑의 팬트 하우스

믿음의 귀를 주신 축복이요
우리의 양심은 덕을 쌓을 것이요
신사적으로 지식을 베풀고 즐기는 이는
자기 싸움의 절제가 필요 하느니라

배고픔의 환경에서 인내하면서
세상의 박애를 받더라도 경건하면서
아름다운 마음의 나눔이 형제 우애요
하나님의 사랑과 이웃 사랑은
천상에서 내려준 선물이니라

사랑의 팬트하우스 한 개씩 가지고
인생의 첫 출발을 준비하십시오

가을비2

비가 아프게 내린다
한이 맺힌 눈물바다와
님이 계신 풀 한 폭이 없는 딱딱한 비석 위에
가슴 조이면 날갯짓을 다하여
마지막까지 한 송이 말라버린 장미처럼
오직 당신에게만 비가 내리지 않습니다

비가 말없이 내린다
슬픈 현실에 눈물 머금고
얼굴도 없이 살아가는 당신의 삶이 애처로워
한 조각 마약에 의지하여 깊은 지하로 내립니다
그대 오기만 기다리며 긴 바늘을 앞세우고
목 놓아 울기도 하고 목마른 사막과 같이
내 마음의 빗줄기는 내리지도 않습니다
흐르는 창밖의 빗줄기만 하염없이 보면서
영혼이 조용히 잠들기를 바라볼 뿐입니다

비가 구슬프게도 운다
시베리아 북풍을 앞세우고 노래를 부르면서
희미한 창밖에는 그대의 발걸음 소리에
목 놓아 울게 하옵소서
울기도 지쳐서 새벽 안개 소리에 비가 멈추면
당신을 향해 조용히 흰 국화 한 송이를 바치오리라

비가 뼛속을 스며든다
오늘도 비만 소리 내어 웁니다
앙상한 가지의 수액을 맞추어 올리고
차마 눈을 뜨고 볼 수 없어서 눈을 가려 울고
떨어진 단추 주머니에 남아 있는 동그란 진통제는
고개를 떨구고 창문만 한없이 바라봅니다
손가락의 마지막 온기가 한 송이 꽃으로 핍니다

향수

가슴에 박힌 못을 하나둘씩 뽑을 때
씁쓸한 내 모습이 엉클어져 있어라
화나고 못난 마음에 대못이 들어와
향상 괴로워하는 시밝에 내려놓는다

내 님에 가슴에 박은 혀의 간사하고 야비한
조롱거리를 감추기 위해 인애의 쓴잔을 쓸고
기어이 가고야 했던 고향 땅은 밟지 못하여
안개비 내리는 미명에 마음을 내려놓는다

늙고 이가 다 빠지고 흰머리 둘려 감싸고
보지도 듣지도 못한 고향 흙 향기가 그리워
이 밤에 혼불도 내리지 않고
고독과 씨름을 다솜 하고
목소리는 천성을 향해 내려놓는다

가거라 구름이여
흘러가라 청춘이여
밤새 낑낑대며 아파해도 눈물 한 솥 삶아
홀아비 가슴에 적시는 물방울이 바위를 뚫어
고향 땅을 향해 고속 질주한 이 마음을 내려놓는다

창밖의 비

참 구슬프게 잠을 설치다가 리모컨을 떨구고
깊은 잠에 빠지고 어둠 속에 가로등은 홀로 서서
불빛 아래 스쳐 가는 빗줄기가 내 맘을 설레게 한다
먼 여정을 마치고 피곤한 몸을 열차 위에 올려놓고
이름 모를 소녀가 깊은 단잠에 빠져들고 고개 들어
창밖의 빗소리가 뺨을 후려치고 정신을 가다듬고 있다
빠르게 지나는 창밖의 풍경이 가을을 앞당기고
귀여운 보석 빛깔 형형색색 진주 빛깔을 누비고
황금색 가득한 가을 들녘에 소리 없이 다녀간다
말없이 흐르는 창밖에 빗소리에 장단을 맞추니
허송세월 보낸 인생 한 방울로 은빛 노을이
덜거덩 소리에 놀란 가슴에 어느새 파란 하늘이다

들풀

밟히고 뽑혀도 죽지 않은
질긴 인생이여 그대는 나, 들풀이렵니다
때로는 화려하게 볼품없는 볼품없이 작아도
들꽃으로 당신은 살아가려 합니다
그저 입가에 수수함으로 꾸미지도 않고
생긴 모양의 가진 풍채도 없이 가렵니다
서릿발 폭풍도 견디어 낸 바람돌이의 생을
인내하면서 자신의 꿈을 마음껏 펼치렵니다

단풍3

사그락 밟은 소리
귀를 기울여 그대의 목소리 닮는다
가로수 사이로 둘러 입고 산들거리는
담쟁이 샛길로 내 님의 살며시 웃고
구부러진 흰 속살을 드러내고
붉은 시냇물을 따라
수북이 쌓인 다복이다
천 리의 돌담길 멀리

장독대 거리마다 황토에 맑은 물이여!
자연에 불타는 계절이여!

무릉도원

대나무 샛길로
폭포가 저 물줄기에 넋을 놓고
정자에 마주하고 협곡을 날아간다
여기를 어디라 할까
이치를 다스리는 걸맞은 파란 물살
이슬이 업은 연잎이 길게 드리우고
남도의 바위섬 솔잎 앞세우고
세월을 두고
흰 거품을 맷돌에 갈아 마음을 정제하고
다리 사이로 줄무늬 돔이 온 바다를 누빈다

* 바란 : 빛나는 땅

작은 새싹

추억의 빛으로
사랑 한 바구니
말라비틀어진 가지 아래로
작은 새싹 사이로 보면
당신은 희망의 끈을 잡고서
처음 만나던 추억의 그 날처럼
연인의 향기를 찾는 이 되어
잃어버린 슬픈 추억마저
저 언덕의 흙으로
작은 새싹이 희망으로
피어나길 간절히 빌고 싶다

11월의 소나무

모진 비바람에 추풍낙엽들이
비탈길로 뒹굴어 한동안 말없이
천둥을 머물던 외로운 소나무
낙엽송은 가을맞이로 옷을 갈아입고
한해의 허물을 벗는데 청춘의 십일월 송(松)
너의 곧은 절개에 고개를 숙이고
큰 바위 얼굴에 헛기침을 내뱉으면서
희망을 잃지 않은 내 마음을 달래려니
청승맞게 늦—떨어진
가로수에 이리저리 뒹구는 낙엽 소리
이 비가 멈추면 구슬픈 목소리 처량한데
11월의 소나무는 더욱더 푸름만 빛나겠지!

그리움

호롱불 찾아 달가닥
샛별은 야무지게 뽐내고
새벽닭 울음소리에 깨워 날개를 편다

굴뚝이 새벽잠을 깨어 아낙네가 전쟁하고
곰방대 피어오르고 헛기침 소리에
손자의 울음보가 터진다
뜨거운 사랑이 넘치는 누룽지 입맛 다시고
배가 꼬르륵 전쟁한다

꽁보리밥에 흰쌀밥 한 그릇 눈동자같이 희어지고
된장국에 부추 무침과 호박나물 멸치 열 마리
아버지 숟가락만 쳐다보고 꼬르륵
내 배는 거지가 몇이 사는지
듣지 못한 어머님 숭늉 한 사발 남는다

청춘 추억

달려온 청춘에 파란 물감을 칠하고
잔잔한 마음의 파고가 일어서고
흙탕물 쭈뼛쭈뼛 어깨 위에 내려놓습니다!

시뻘건 단풍 사이로 심술꾸러기 달팽이
바람은 이랑 사이로 귀가에 속삭이고
나팔꽃 소리에 잠이 달아나 버렸습니다!

양쪽 날개 펼쳐서 하늘만 바라보면서
봉황의 그늘에 지친 영혼을 달래며
내 님 계신 그늘막에 잠시 내려놓습니다

오색 가을도 희나리 단풍잎이 날릴 때
처마 밑에 옥수수 하얀 속살을 드러내고
배고파 마신 수돗물로 정을 나눴습니다!

류마티스

뼈가 아프다고 말을 못 하고
돌아갈까 끙끙거리는 소리에 넋을 잃어
치료기가 눈앞에 있는데 꼼작하기가 싫어요

뼈가 날마다 서럽게 운다
운명이 창조의 신이 미완성 작품으로
서리 맞지도 못하고 피멍이 듭니다

뼈가 피를 토하면서 소리를 낸다
희나리 같은 존재로 앙상한 체온도
걸치는 옷도 바윗돌이 되어 누릅니다

밤새 흰머리가 늘어나고 어깨가 눌려
목에 가시가 찔림같이 비틀고 짜내어
뼈가 눈물을 흘리면서 목 놓아 웁니다

소망의 청춘

공허함이 가슴을 뚫고서
저 하늘 넘어서 샛별을 보았을까
아기 달님은 태양에 가려 밤에 날개를 달고
청춘의 그림자를 그려본다

저마다 무지개 꿈을 안고
태양의 그림자 아래 시원함을 찾는다
무엇이 그리 서러웠는지
갈대의 눈물을 머물고 고개를 저어간다

흘러간 구름마다 꿈을 꾸고
캠퍼스 위에 작은 소망을 남기며
아리따움 내 님을 기다리다 잠이 들어
밤이 맞도록 하늘을 천사와 함께 날아오른다

깊은 해무를 뒤로하고 한 척의 돛단배
갈 길을 찾지 못하여 눈물만 흘리며
희미한 등대에 웃음을 짓고
고래의 등잔을 의지하여 꿈의 항구에 안착할까?

도시 찬가

도시의 자시쯤 차 소리에 소피가 마려워 잠을 깨우고
길게 늘어선 한줌에 담배 연기가 하늘을 가르고
실 낫 같은 눈을 반쯤 가리고 세월을 낚는 어부 인양
서릿발치고 그물 내리고 큰 입을 벌리고 하품한다
시밝에 잠 못 이루고 백발 같은 아비 생각에
침상에 상처를 입고 되새김질하는 누렁이처럼
눈만 깜박거리다가 지침을 못 이기고 고독한
시간과 씨름을 하고 눈물샘을 열어봅니다
기도 시간이 한 시간이나 더 남았는데
슬픔의 향수는 왜 그렇게 긴 서막의 소나타같이
팔다리가 천근만근에 이렇게 눈만 깜박이고
창밖의 달빛에 취한 듯 스르륵 잠이 듭니다
내 님은 보름달 같아서 심상은 천사 인양
어려운 가사 노동에 허리를 부여안고
숨을 거칠게 몰아쉬고 긴 여운을 남기면서
한줄기 추억만 한 눈물만 쏟아내고 갑니다

안개에 시(詩)를 쓴다

붉은 낙엽송이 풀어헤치고 숲길을 거닐 때
바위로 구름을 잡아매고 이슬을 치고
아침에 안개비가 마녘에서 내리고
무슨 사연이 그렇게나 긴박하여
내 님 가슴에 살면서
시(詩)의 흔적을 남기고 싶다

세상에 길 잃은 한 마리 새가 되어
아비의 가슴마저 감추어 버리고 산꼭대기
슬픈 가시나무새 가슴에 못을 박고
장미 가시에 상처가 덧나고 혼혈을 흘리고
제일 높은 가지에서 쓸쓸히 안개비로 내린다

아직은 안개비에 젖을 때라도
새끼사슴 한 마리 내 품에 안길 때면
잠들은 아기가 깨어나지 않는 모습으로
올라가고 싶은데 오르지 못하는
자작나무 숲에서 어머니를 따라
고요한 안개비가 되어
나, 시밖에 살아가며 시(詩) 뿌리고 가고 싶다

3월의 눈과 산수유

지구의 온 땅과 하늘이 즐거워 노래한다
하늘에 천사가 밤새 선물을 가져다 놓았다
악한 기운을 하얗게 바꾸어 버린다
은행 출납기 줄이 줄지 않아도
투덜거리는 마음을 해결하기 위해서
천상을 내려온 예쁜 눈꽃이 날린다
또-루룩 갈망하는 이마에 뚝
이내 녹아 아기 물방울이 되어도
겨우내 꽈배기 아저씨는 손놀림도 바빠지고
첫눈 내리는 눈송이에 모두가 강아지가 된다
공원에 눈사람 두개 손을 붙잡고 사이좋은 시절
천성에 내린 눈이 마음에 타오르는 노란 정열
샛노랗게 달아 놓고 가버린 송이들에는
아버지를 닮아서 아무 말도 못 하고 그저 바라만 보아도
난생 두 번으로 그치기를 바라지 않아
차지만 차지 않아 얼지 않는 자유를 외친다
얼어버린 어린 나뭇잎을 따뜻하게 포용하는 것은 눈송이었다

작은 김장

어제 사다 놓은 배추는 세 포기이고 무는 다섯 개이다

오늘 용기를 내어 분주한 마음으로
눈싸움은 끝이 났다

무와 배추를 목욕을 시키고
도마 위에 무와 눈싸움 하고
단칼에 분리해 버린 무청을 베란다에 걸어 놓고
도마 위 배추는 겉절이하고
삼년 묵은 멸치젓에 고향을 떠난 고춧가루 휘젓고
마늘을 부어 깍뚝 썬 무와 배추 사이로
부추가 사이에 비집고
돌게 된장국이 압력솥에서 울어댄다

담장을 치는 싸리문 너머로
이제야 얼굴을 내미는 것 얄미워
어림없다
어제 사다 놓은 세 포기 배추와 다섯 개 무는
너를 위해 남겼다

어느 가지의 기도

시온에 동녘을 열어 밝히고
연한 가지에도 희망을 주어
낮아졌을 때 조물주가 높여 주소서!

그대시여!
꺾여 약한 이내 마음
시온산에 심어지고
높은 산에 나무가 되어 뿌리를 내리고
백향목 꼭대기에서 높은 가지 되고파
그 높은 그대 당신의 그 가지 끝에서
강한 백성의 열매를 맺고 세상을 열고 싶습니다

소천

이 몸은 늙어 백골이 없어져서
혼이 샛별 되어 찾아뵙고
평상에 책 펼치시던 이의 소천 소식에
정신없이 달려가 넋 놓은 소심의 맘을
조금이나 헤아리어 가는 길 하얀 국화 한 송이 받들고
하늘나라 좋은 나라 모든 족속이 눈물이 마르는
기쁨의 잔칫상에 춤사위와 웃음소리이리라

인생의 반환점을 돌아
내 삶을 잠시 내려놓은 시간에 신발 끈을 동여매고
주변을 돌아보는 지혜로 맨몸으로 와서
아무것도 가지고 가지 않고 바동거리는
그 시간을 눈을 들어 하늘을 바라보니
반짝거리는 은하수를 건너서 저 천국으로 향하는 것이리라

세상에 살면서
조물주를 사랑하는 마음을 걸치고
회개하는 마음으로 철부지 몸을 조금이나마 닮아서
천성을 울리고 튼튼한 동아줄 믿음으로 붙잡고
철이 들면서 하얀 백발을 휘날리고 마음을 내리고
천국 문을 향하여 등대지기 인생으로 눈썹이 날리우리라

목소리 높여 찬양하고 천국의 합창 소리가 운무에 머물고
우뢰를 내리어 우둔한 인생의 가르침을 주시올까
주님은 거룩하시고 벌레만도 못한 인생을 천사보다
오월 하게 만들고 천하 인생의 금줄이 풀리고
다리에 힘을 부어주시니 천국 문을 향해
마지막 소천하시겠어라

나의 삶을 드리니 눈물을 올리니
그가 나를 구원하시고 인도하시니
삶의 창조 섭리를 깨치고
그 어떤 마음이었을까
님의 침묵으로 경건한 맘이 우리라

사과 꽃

힘들게 앙상한 나뭇가지
붉게 입 벌리고 한입에 향기 묻어두고
가득 담긴 물들어도 고운 내 님 같은 그대여!

차가운 서릿발에
긴 밤을 꼬박거리며
긴 나긴 계절에도 잠 못 들어
찾아온 임은 보지도 만나지도 못하고
먼 물길을 건너지 못한 되지 못한 핑계로
길 바람 버려두고
하루 만에 만나 맺은 인연이기에
하얀 속살을 드러내고
다시 돌아와
그대, 그대 같은 냄새를 풍기며
어여쁜 새아씨가 시집을 가는 옛날의 담장 사이
메마른 나무에 어느덧 추억이 빨갛게 익어만 간다

천국에 간 동생

설움에 눈물바다 저 하늘 푸른 달도
광활한 태양 빛도 한 그루 푸른 송이
이 밤도 홀로 지새워 홀로 남은 낙골당

어미가 죽어야지 내 모습 닮아지라
삼 년을 채우지도 못하는 너의 인생
천국에 이사 갈 때 이 엄니도 함께 가자

어미의 아픈 가슴 젖동냥 동네마다
가여운 우리 아가 모유라 마음만은
보름달 울음소리가 내 뼈에 사무치네

사랑하는 이의 통증

어깨가 아프다
근육이 문제인가
오늘따라 마음이 깊게 누른다
배따라기 길을 홀로 걷는다는 이유는
머리가 무거워서일까
그냥 무심코 걸었다

혼자 희미한 불빛 따라 이 만리
많이 힘들었구나 그렇지
아내가 나보다 더 아프겠지
뼈가 눈물을 먹고 있으니까
난 안 아픈 것 같아
나의 단짝이 아픈 날이면 하늘이 운다

침대에 몸을 힘들게 의지 하면서
오늘 밤은 감사의 기도로 살아가야지
내 사랑아 아프지 마라
땅이 곡을 하는지 모르겠어
이불에 얼굴을 파묻고
어서 꿈나라로 날아가야지

눈꽃송이의 눈물

천상(天上)을 헤매다 이 땅 위에 내리더니
옥수(玉手)로 만들어 놓은 꽃송이만
밤새 뿌려 놓고 가버리고 간다

내님도 발자국만 남기고 떠나 버리더니
오지도 가지도 못한 세월 속에
하얀 꽃송이를 내리고 간다

온천(溫泉)

용인의 물길 따라 이 삶을 맑게하고
향수에 마음 따라 인생을 닦으려니
왔노라 온천(溫泉)이려니 물이 좋다 일러라

동백사랑

밤새 몸살로
아픔을 참아 비틀고
눈꽃이 광활하게 속살을 드러내고
고독이 젖은 입술을 감추고
홀로 우는 동장군도
마음을 열어 꽃잎이 붉을까

얼마나
사랑이 아팠으면
눈꽃이 피는 밤에
젖은 입술을 감추고
홀로 우는 마음에
붉은 수술을 열었을까

사랑의 이별

너무나 사랑했기에
가슴에 상처로 남기며 서먹해지는 때
장맛비 내리면 이 마음도 함께 쓸어 갈까

그대의 아픈 마음 갈잎에 넣어서
기러기와 울어보고
붙잡지도 못하여
돌아서는 발길 외로움인데
헤지 못한 상처는 가득 한데
이젠 만나지도 못한 기억 지울 수 없다

저 달도 눈물을 고이고
마른 풀잎 사이로 돌아서는 뒤 모습이
초우이어도 맺힌 이슬로 보내야만
한 줌의 재로 천국을 향해 훨훨 날아가는
한 마리 이름 없는 새로 살아간다 하여도

아주 잠시만
아주 작은 순간만이라도
시간을 멈추어다오
신이 갈라 버린 작은 추억을 가슴에 안고 살 수 있도록

크로아티아의 선물

저 푸른 바다의 항해 중
어부는 갈매기와 눈을 맞추고
발칸 안팎에서 씹히는 그 세상에
바다 위에 작은 베네치아 반도이다

빽빽한 골목길 정
골목길 좁은 성곽
커피 향 짙은 카페
황원荒遠)이 내리는 바다의 향기

비스 섬 낙망은 바다의 향연에 낚시 드리고
기대하는 한 끼의 낙망의 돛을 높이 올리어
스물여덟 가구마다 정이 넘치고
스파르타의 침략 속에 높은 성을 세우던
안개 속 사냥꾼 삶을 허락하고
발칸의 매혹에 빠지면
역사가 부리는 마법에 빠져간다

아프리카의 성탄

오지의 땅
그 목마름과 배고픔에서
내려진 미지의 성탄을 맞는다

말라지는 개울물 양동이를 이고
삶의 무게를 느끼고
찢어진 옷자락에 밥이 없어
육신의 배고픔과 피곤함의 기도를 올린다

이 눈에 보이는 아프리카
오늘도 이 마을에 샘물을 주소서!
성탄의 간절한 찬송이 영혼을 살찌게 하소서!
서로 부여잡고 간절한 소원이라면
저 버려지는 쓰레기에 죄가 넘쳐나는
천한 인간의 별이 되어
이 대지를 밝혀 주옵소서!

무심한 선교사의 간절한 기도로
이제라도 된다 하시어서!

신들의 섬 바누아투

천혜의 아름다움이
전쟁 아픔을 남겨놓고
물고기 떼가 마른고기가 삶을 세우는 길에
나무에 걸쳐 물고기 무리를 보고
흥분한 그물이 춤을 추고
물고기를 끌어당기고 누추고
손발을 맞추고 다량의 물고기 함성을 듣고
은빛 비늘을 휘날리고 있다

신들의 잔치에서
먹음직스러운 물고기는 끝없는 밀림의 능군이다
구름 밭에서 오이가 탐스럽게 익어
천해 동굴의 선사(先史) 추억이 남기고
쪽빛 바다의 산호는 남태평양의 물맛으로
인근 섬들이 배를 몰고 가면
저 파파야는 아름답다

전쟁이 없어서
신들의 다툼이 없어서

세계(洗契)

천 년 묵은 때를 멀리 버리고
한해를 잊어버린다

내려놓은 마음 금세 시원하라고
회색빛 흰 뿌리를 내려놓는다

아픔을 내려놓고
하루만이라도 피로를 날려 버린다

아내의 몸살감기

소리도 그치고
몸은 쑤시고 연말이라며 떨쳐내고 일어설까
무섭게 울어 버리고
골이 흔들리는 독감을 감추지 못해
괴로운 숨소리마저
당신의 머무는 소리에
한 뭉치 가래를 쏟아낸다
언제나 어깨가 쑤시어
미루나무 꼭대기에 걸린 구름마저
쇠골만 남아서 기나긴 시간을 돌리어
붙들어 매고 십년을 보내고 남은 하루를 보낸다
새로운 마음을 챙기어
천상 폭포수에 몸을 맡기면
외롭지 않도록 까치가 물고 가버리면 좋겠다

류마티스 2

연홍(緣紅)이 아프다고 눈물을 흘립니다
근육이 아프면 그래도 괜찮은데
마디마디 미운 단풍이 들어
달래도 보고 울지 못하는
사막의 승냥이로 벽의 바위에서
보기만 하는데 눈물로 밤을 지새웁니다

굳지 못한 어린싹
길게 기지개를 켜는 꿈을 꿉니다
보드라운 촉감을 스치는
아기 볼을 비비는 잠에서 나와서야
눈물을 한바탕 쏟아냅니다

그렇게도 서러울까
짜내어 몸을 달랩니다
오늘도 뼈를 굽고 달래고 구슬려 봅니다
여전히 피눈물을 흘려야 할까

푸른 바다의 어느 전설

아드리아Adriatic 참치와 붉은 고기가 눈만 깜박거린다
실세 없는 손맛이 짜릿하고 황제도 반한
땅 이외 성곽은 위대하다
한 그리스와 이태리 싸움 속에
맑은 하늘 푸른 바다의 위대함을 느끼고 있다
돔 울림이 넘치는 전통의 아카펠라 환상 속에
한마음에 영혼의 심금을 울리면
두 귀에 천상을 합창하면
세포가 일어난 촉각에 일어나는
전통의 빵 한 조각으로도 단란한 가정에서
소녀의 어여쁜 모습에 생선이 춤을 춘다

동그란 올리브를 건네는 인어가 다녀가는
굴뚝 청소부 바쁜 손놀림 속에서 바다는 아드리아이다
고소한 향내에 아름다운 침샘이 고이고
싱싱한 손맛의 비린내는 낯선 전통 속으로
화려한 연모(戀慕)를 향하여
포세이돈의 엄지발가락 모아서 소원을 빈다
흰 양의 뼈의 재가 한가운데 모이고
은하수 힘든 목표 속에 멋진 한 사나이는
아드리아 전설에서 노를 젓는다

감사하는 마음

봄 햇살처럼 내려와
내 가슴에 깊이 드는 사랑

겨우내 햇살만큼이나
그리운 사랑이 있습니다
옷깃에 살며시 스쳐 다가와서
나의 영혼 깊은 잠을 깨우며
까칠하게 머무는 열매
같은 사랑이 있습니다

무엇 때문에 크게 울어도 보고
마음을 토닥토닥 달래보고 위로해 보았지만
크게 구멍 난 한쪽 가슴을
후비면서 깊게 도려내어
망원경으로 들여다봅니다

매일 용암을 끌어안고 사는
한 사랑이 있습니다
그 사랑은
감사라는 좋은 열매를 맺는 것입니다

사랑이 무한정 담아 두어도
가는 세월의 백발이 우주를 품고 여행하면서
은하수 사이로 다가오는 어둠을 밝히는 별빛입니다

마실수록 그 맛에 취하고
진한 향기에 취하고 긴 그리움 속에 갈급한
부드러운 솜털 같은 사랑입니다
그래서 오늘 그 사랑을
가슴 한가운데 넣어 볼까 합니다

사랑해서 감사를 느낍니다
사랑해서 허다한 죄를 덮습니다
사랑하는 감사의 마음을 가득 담고 갑니다

새벽 보험(保險)

호흡은 거칠고 꼭두시밝이 머리에 갓을 쓴다
무거운 수레가 짐을 끌고 도심을 활보한다
천상에 여물을 두고 뻘뻘 흘리는
마음에 훔치면서 차창 밖으로 여운이 길어진다
백발을 둘러메고 머리가 한 두 마디 줄어들고
세상인심이 각박해도 울지 말아야지
투명한 액체를 흘리면서 가슴을 비틀어
기억을 되새김질하면서
빛 바란 나뭇가지 바라보면서 북풍을 마신다
이듬해까지 생명이 연장될 지
이제는 기약이 없고 피를 토하면서
마른기침에 흰 연기가 피어오른다
힘없이 배고픈 가슴이 문을 두드리고
구천구백팔십원 쥐고 얼굴에 웃음이 가득 찬다
연금을 믿지 못한 지 오래다
어린 시절 인정은 사라지고
호호 부는 손발이 얼어붙고
가는 줄이 부여잡고 인생의 줄을 서면서
따뜻한 밥 한술이 왜 그렇게도 그리운 것일까

여인이 보는 시간

등대 뒤에 감추어 버린 시간
저 하늘에 밝은 별빛처럼
영롱한 마음을 열어 봅니다

태양의 빛 그림자
잠시 멀리하고 땅거미 내려앉은 호수 윤슬처럼
하염없는 공허한 생각을 비워 봅니다

달님이 비추는 창밖
바라보면서, 똑똑 떨어지는 눈물 한 방울
텅 빈 탁자 위에 놓여 있는 잔이 되어 봅니다

비바람에 가려 빛을 잃은 해님
보이지 않는 내 사랑이 멈춰버린 시침
여인의 가슴속에 한을 내려놓아 봅니다

작은 꽃잎 2

안긴 작은 꽃잎
향긋한 냄새를 풍기고
굽이굽이 찾는 길이 멀어 깊은
돌 같은 마음이 스르륵 녹아 흐르고
꿈마다 어여쁜 가지 흔들어 깨우고
한눈을 지그시 내밀어 봅니다

계절을 떨쳐 버린 바윗길을 돌아
가지 끝에 몽글거리는 작은 꽃잎
수태한 연인의 입술에 미소를 머금고
포근한 가슴을 열어 봅니다

가슴앓이 365일을 뒤로 하고
저마다 사연 한 줄 담아서
작은 꽃잎을 띄워 보내 봅니다

새벽이 흐리다

휴대폰이 어지럽다
눈이 보약인데 뿌옇게 보이고
글자도 제각각 왜 틀리고 띄어쓰기도 엉망이다
시밝 글쇠는 통 모르게 밝게 보이는데
이 시간은 왠지 눈물이 날 것만 같다
여인네 통사정하고 잠도 못 자니
넓은 들판은 좋으나 텅 빈 안방은 싫어
더불어 사는 인생들아
모든 짐 내려놓고
금은방이 무엇이나 손난로 그리움에
녹봉은 거덜 나고 왜 이렇게 긴 밤이
언제나 동트겠나
태양은 쉬지 않고 뜨지만 잠시 운무에 가릴 뿐이다

아프로디테의 주문(呪文)

난 아내가 사랑스럽다
자신이 하고 싶은 것이 있으면
순서에 맞추어서 잘한다
난 그렇지 못한다
왜일까?
나이가 들어갈수록
하나님께 기도로 나아갈 뿐이다
세월은 갈수록 짧게만 느껴진다
아내는 뼈가 아픈 이유를 조금 알 것 같다
얼마 전에 접시를 깨서
유리 조각이 발에 찔린다
많이 아팠다
피가 나오는 것을 보니
더 아픈 것 같은데
미세먼지 때문일까
목이 아프다
뼈가 아픈 것은 류마티스 때문일까?
의문투성이고 이 세상 창조주는 알 것이다
나는 그분의 위대하심을 신뢰한다
그의 음성을 말씀을 통해 매일 묵상한다
참 좋은 시간을 주심을 감사해야 한다

오늘도 아프로디테는 상처를 걷고
오늘도 아프로디데의 주문을 외우고
나는 사랑을 주문한다

차량 정기검사

마음이 여리고 바쁜 시간에
나란히 줄을 맞추고 떨리는 가슴으로
첫 번째 검사장 예리한
관능검사는 매의 눈초리로 살피는데
엔진 안을 살펴보면서 다음
두 번째 하체검사는 차량을 하부를
정확히 둘러 보면서 다음
세 번째 외쪽 눈이 아파서 새로 달고
전조등검사는 여유 있게 통과한다 다음
네 번째는 ABS검사
정확한 컴퓨터 모니터를 보면서 마음을 쓸어내린다
다섯째 배출가스검사는 저속상태 매연을 검사한다
매연 제로에 감사하고 공감한다
마지막 검사결과 합격이란 메시지에 가슴이 울컥한다
내 자동차가 시험에 합격 되어
많이 공감한다

오래된 병원에서 아버지를 다시 모시고 나왔다
감사의 빛이 태양에서 쏟아진다

이별

바보, 눈물은 왜 흘리고 야단이야
공감하고 사랑하는 마음으로
토닥거리고 가슴을 쓸어안는다

사랑한다고 해놓고 가버린 이별
참숯으로 까맣게 타 내려간 장작불 속으로
꺼지지 못한 아쉬운 애태운 마음을 쓸어내린다

하얀 눈송이는 소리도 없이 사르륵 내리고
헤어진 아픈 상처만이 눈물을 뚝뚝 떨군다
흰 보라 떨쳐 버리고 시베리아 찬바람을 공감한다

노익장

슬픔도 사라지고 인내의 고비마다
고삐를 높이 들고 달리는 백마들아
세월이 멈춰주지도 돌아서지 않는다

백조

호수가 내려앉은 저 하얀 날개 아래
커진 눈 바라보면 시리워 언 강가에
한 움큼 눈물 보따리 내려놓고 가려나!

게발 선인장 꽃

뭉클거리는 슬픔을 머금고
밤새도록 인내의 쓴잔을 내려놓아야 한다
가슴이 먹먹하고 한 줌의 약을 들이켜야 하는
연두의 끝자락에 딱지 같은 분홍이
만개의 꿈을 안고 영혼을 지키고 살아간다

보드람 스치는 눈망울에 한 송이
찬바람 곁가지가 힘들어 이목을 바로 세우고
바람에 높여 올리어 울부짖으면
듣지도 못한 못 생긴 잎사귀 사이로
간밤에 한 눈으로 깜박거리는 눈물을 한평생 삼키고
밤새 얼굴을 붉게 숙인다

가느다란 새끼손가락에 긴 잠을 깨고
한 방울의 이슬을 가슴에 품고
미소를 흘리면서 지어내어 보좌 아래로
당신을 위해 이제야 만개로 화답하고

천상의 꽃이로다
천상의 꽃이로다

눈이 부셔 바로 뜨지도 못하고
일 년에 조금씩 한 매듭 거듭나고
다솜하는 아리따운 자태로
정숙하고 숙연(肅然)스럽다

바람꽃

한 가닥 미역 줄기
이 대나무에 눈물 한 방울 남기고
바람과 함께 떠난 님바라기 뒷모습에
뜬 눈을 감추지도 못하고
시퍼렇게 멍들어 저녁놀 춤추는 바닷가에
영롱한 진줏빛을 발하며 마음껏 바람을 붙잡아
이야기보따리를 엮어서 모래알을 자갈에 던진다

옛 추억의 그림자를 삼키고
물거품을 감싸는 바위산은 슬프게도
눈물 자국을 지우기 위해
비봉산 뻐꾸기는 이리저리 찾는다
악어 눈물을 뿌려대는 세상 놀음에 눈만 깜박
힘없는 손수레 아저씨의 어깨는 대지가 붙들고
오지 못한 바람꽃만 가슴을 쓸어 담는다

바람의 빛깔처럼 머물다 간
그대 그리움만 품 안에 품고 희망의 노래가 바다를 향한다
조개껍데기에 귀 기울이는 밤배의 솔향기여!
언제 뺨을 훔쳐 달아나 버리던 그때여!
홀로 눈물을 흘리고 가파른 가슴앓이로
발을 펼쳐 사망의 골짜기를 넘어

생명수가 넘치는 기지개를 맑게 머문다
순백의 절정을 이루어
이슬의 그 영롱한 눈망울로 날개를 활짝 열어
그대는 눈과 귀가 먼 바람꽃이었나 보고 싶다

가을 우체국

바람에 들려오는 풍경소리에
소망을 담아
작은 꿈을 담아 봅니다
마음껏 울어도 보고
활짝 웃는 다정한 인연으로
꽃과 나뭇잎은 이별을 전하고
봄의 향연을 가슴에 품어
가슴앓이 한 소녀의 아름다움이
한 방울 이슬로 목마른 영혼의 갈잎으로
안녕 슬픔의 시간이여
당신은 작은 꿈을 안고 대지의 작은 꽃잎으로
얼굴을 내밀고 웃고 있겠지

커피나무

목마름에 입이 다물어지고
무언가에 애달픈 슬픈 현실과 동떨어지고
지치고 힘든 마음을 기대고 있을까
너는 나에게로 기울임이 되고
말라 비틀어 버린 잎사귀에 목소리가 들리지 않고
주인장 바쁜 삶 속에서 돌아보지도 관심도 없는
커피나무의 가슴앓이를 알까
물 한 방울만 달라고 애원했지만
눈물만 뚝뚝 참 바보야
한 바가지 사랑을 베풀어 줘야지
잎의 싹이 연두의 생명으로 아름다움이야

사랑 줄로 아픈 가지를 꽤 메고
어루만져 토닥토닥 힘들었지
중심은 언제나 뿌리부터야
옆 동네 말라 비틀어져
장미를 바라지만 물 한 바가지가 그리워
그냥 그것이면 되지 그거야
가장 작은 관심을 끌게 되는
한 나무이기에 사랑받기를 원하며
물은 생명의 근원으로
아침 커피가 저녁의 향이라 하면
행복을 누릴 수 있을 거야!

땀내 나는 정비고

많이 아픈 것 같은데
살갗이 떨어지는 벌레가 지나간 낙엽처럼
장인의 이마에 흐르는 땀이 염습하고
상처를 메어 한바탕 난리가 난다
앙상한 가지마다 쉴 새 없이 삶의 여유를 위해
겨우내 찬바람과 씨름을 하며
결코, 한 톨의 남김이 없이 옷을 벗는다
눈과 다리가 아프게 피를 돌리는
마음이 아파도 이곳은 포근한 고향이고
한잔의 여유를 느끼면서 인고의 잔을 비운다
왜일까
당신을 알고 무거운 머리도 느낀
현실은 차가운 북풍의 된소리
아름다운 삶의 발자취일까
우당탕 망치 소리에 합창과 함성의 우렁찬 목소리
당신은 북간도에 홀아비가 눈물을 흘리고
언제쯤 만나볼 낡은 엔진 소리에 세월을 낚는다

동백(冬柏)

얼마나 마음이 아팠으면
눈꽃이 피는 밤에
젖은 입술을 감추고
홀로 밤새 울어 붉었을까

밤새 몸살로 아픔을 참고 비틀더니
고독이 젖은 입술을 감추고
슬프게 고운 눈꽃의 속살을 드러내고
혼자 울어도 좋을 마음을 열어
지쳐 죽은 아낙네의 무덤에 얼지 말고
아프지 마라
그냥 아프지 마라
네가 울면 내가 울고
온통 붉게 물들더라도
나를 닮은 삶의 고통을 덜기 위해
하얀 눈 속에서도 가득 뭉치는 것이라면
너를 보고 사는 이 삶이어서
누구보다 그대를 사랑하는 붉음이여!
수줍어 비밀스러운 사랑이여!
나를 피우는 꽃이었다 일러주어라
너를 사랑한다 말을 전하고 싶다

천국의 우체통

천국의 편지 한 통이 배달된다
이슬에 곧은 마음을 접어 올리어
바람과 이슬의 전령이 돌아다녀
이름 없는 마음 구슬퍼 헤매는 길목에서
어린 양 울음 들리는 계곡 속으로
회오라기 바람에도 눈물 흘리면서
가슴을 울리는 기도는 피어나고
소년의 한마디는 사랑한다며
향로 연기가 배달되기를 흐느낀다

천국의 편지 한 통을 받지 못하고
이르지 못한 통념의 한이 쏟아지어도
피지 못한 여린 떡잎에 물리고서
잿빛 향기로 올리는 종달리 입을 대신하여
작은 물방울이 가슴의 혼이 되어
위로하여도 멈추어 버린 육신에 가리어
낙엽이 되지 못하는 가을바람 탓이라며
모두 쏠려 올라가는 것들의 붉은 우체통이 된다

낙엽이 내리는 뼈를 묻고
내려놓아야 하는 영로(零露)에 심음(心音)하던 심장을 받아
해어진 저고리 부비어 꼬까신 놓고

이 고운 잎새는 당신의 발등 아래에
조용히 내려놓아 대지의 중심으로 숨겨 드릴 때도
가늘게 떠는 나뭇가지에 맺힌
빗방울이 우는 아침에도
어머님 품속으로 안개비가 흘러갈 것이라고
토닥거린 가슴을 쓸어 담고도
들고 있는 우체통은 천국으로 보내지 못했다

어린 봄날이 오면

삐뚤거린 돌 담 아래
작고 어린 채송화가 보이고
구멍 난 무릎이 시원하게
아지랑이가 올라오는 들에서
짙은 눈썹이 휘날린다

좁은 냇가에서
짧은 팔을 올린 작은 아이
심술 난 막대기를 휘젓다가
봄의 마법에 빠지고
반 쯤 감긴 눈으로 연둣빛 버드나무 흔들리고
솔 향을 풍기는 바람의 하품도 길어진다

겨우내 허물 벗어
고개 든 화살나무를 정하고
기다림의 이정표에 기대어
작은 잠이 깊이 쏟아진다
어린 봄의 향기에 관심 없는 치어(稚魚)처럼
마중 나간 아이의 꿈속에는 엄마의 보자기를 찾는다

햇살이 길어지는 노을
바람이 차가워 팔을 움츠리면
봄 냄새 반가운 향기는 따로 있었다

당신의 장날 보따리는 봄꽃이 된다
덜 깬 아이의 입가는 치켜 올라가고
울 엄니는 최고가 된다

당신의 품이 따뜻해지면
당신의 분홍빛 가로수 비탈길에서
당신의 벚꽃은 더 불그스레하였다
어린 꽃이 피어나는
어린 봄날이 오면
긴 그림자에도 꽃들이
그렇게 웃으며 토담집을 향한다

소록도(小鹿島)의 봄

소록도에 봄이 왔다
잘려나간 한쪽 눈으로도
작은 사슴의 뿔 눈에도
물든 상처의 꽃으로 핀 썩은 고름에도
곰팡이에 묻혀 오르지 못하여
시린 동백화(冬栢花)의 아름다움 되어
터져 버린 노란 딱지의 유자(柚子) 껍질로
소록도에는 그렇게 봄이 온다

천형(天刑)을 우러러 하늘을 이고
두 팔을 벌려도 애써 곪던 핏줄은 개울이 되어
흙을 버티던 뿌리는 펴지지 않아도
바다가 불어주는 혼(魂)을 먹고 사는
겨울 파도가 눈물에 터지고
눈먼 가지가 흰 삼베를 걸치고
해풍(海風)이 주는 고통(苦痛)의 달콤함을 뱉지 않으면
얼굴의 큰 두 구멍에 불꽃이 비추어
겨울 삼월 소록도에 뜬다던
하얀 달이 내리는 빛을 먹어 버리면
새끼 사슴의 순혈(純血)을 받아먹고
사춘기를 맞는 소록(小鹿)이다

아름답다
소록도의 봄이여
푸른 바다가 물거품을 일으키고
살아가는 것은 모두 아름다우며
희망(希望)은 한쪽 눈으로도 보는 것이다

소년의 기도

참으로 앙상한 가지에도
하나님의 은혜로 생명을 이어가게
은혜를 베풀어 주소서
땅에 기는 거미와도
같은 인생이여
당신의 뜻이 아니고는
살 수 없듯이
주님을 모르는 불쌍한
영혼들이 생명의 눈을
돌리게 하소서

대지의 왕이시여
전능하신 하나님이여
하루살이 인생들을 긍휼하게 여기소서

만왕의 왕이시여
영원히 찬송(讚頌) 받으소서
놀라운 사랑으로써
이 땅에 은혜를 가득 차게 채워 주소서
마음의 악독과 증오를 버리고
온유와 겸손과 사랑하는
마음으로 바꿔 주소서

가증한 믿음으로
미혹(迷惑)되지 않게 하소서
소리 없이 우는 자의 가슴을 보호하소서
마음이 찢어지듯이 회개하는 자 되소서

차가운 겨울을 맞이하여
꽃 같은 청춘을 독수리 날개 속에 감추고
비단 같은 마음을 채우소서!

항상 아름다운 은하수와 이름 없는
별 같이 빛나게 하소서
저를 감추시고
예수님만 나타나게 하소서
오직 부족한 믿음을 채 우소서
증오를 버리게 하소서

만국의 여호와여
당신의 위대한 손을 펼치사
그리스도를 대적하는 악의 무리를 치소서
그러나 그들이 회개하고 돌아올 때
사랑으로 감싸 주소서

영원히 찬송(讚頌) 받을 주여
비록 연약(軟弱)하오나
주님의 광대(廣大)한 힘을 믿사오니
나를 이끌어 주소서

나의 반석(盤石)이 되신 주여
당신의 도구로 삼아 주소서

괴로움이 차고 넘치는
나의 한을 풀어 주소서
고난을 극복하게 주여 힘을 주소서
나의 장엄하시고 위대한 주여
빈천한 나의 마음을 감싸 주소서
골수를 쪼개서 가루가 되어도
주님을 버리지 않은 믿음을 주소서

골고다 예수의 피로 산
이 영혼을 불쌍히 여기옵소서
나의 마음이 시냇물을 찾는 사슴과 같이 갈급하니
나의 마음을 채워 주소서!

병마로 시달리는 모든 자를 위로하소서
고통 중에도 주를 버리지 않게 하소서
나의 선하시고 인자한 주여
나를 저 벌판에 버리지 마소서
눈물로 호소하는 나그네 마음을
불쌍히 여기옵소서

주님을 욕하는 자를 재갈 채우고
칼로 혀를 치는 인내를 주소서
저들이 주님을 욕하지 못하도록 하소서

민첩하고 날선 검을 허락하시고
나의 영혼을 저들로부터 보호하소서

세상은 악하고 간사하여 뱀과 같고
세상은 자꾸만 양심이 더러워져 가는데
이 시간도 회개하는
심령들의 마음을 위로하소서
결코, 고난 중에서 저버리지 않게 하소서
솔로몬과 같은 지혜와 다윗과 같은 용기와
요셉과 같은 정결한 믿음을 갖게 하소서

나의 선하시고 인자하신
마음을 가득 충만하게 하소서
나의 사악을 지구 밖으로 버리게 하소서
죄악이 물들어 썩어가는
이 세상을 긍휼을 베풀게 하소서

나의 힘이 되신 주님
홀로 영광(榮光) 받아 주소서
차가운 겨울 바다와 같은
이 세상의 욕망을 버리게 하소서
만약 섬기는 생활이 없다면
인간은 자신의 욕구와 욕망을 버리게 하서서
양심의 버려진 꽃과 같이 되는 인생이여
당신은 결코 갈라지게 말게 하소서
인생의 사악을 버리게 하소서

만국의 왕이시여
거룩하고 위대하고
자비로우신 하나님이여
영화롭게 큰 불꽃으로 위대한
주님의 마음을 갖게 하소서
마음을 비우고
새로운 영을 가득 채우게 하소서
세상의 눈멀게 하시고
복음전파에 광음을 더하게 하시고
인생을 사랑하신 주님
따뜻한 마음으로 사랑을 더하게 하소서
위대하고 위대한 하나님
가장 큰 선물을 주신 주님
성령의 단비로 채워 주시고
달콤한 꿀과 같은 단비로 채우시고
늘 말씀을 묵상하게 하소서
기도로 마음을 채우게 하시네

나의 마음을 주장 하소서
간약한 꾀를 버리게 하소서
없을대로 버려진 교만을
티끌처럼 강풍으로 날려 버리소서

잔잔한 파도가
폭풍에 놀아나듯이
강한 믿음으로써

마음을 녹여 주소서
잔잔한 호숫가에 앉아
사랑을 속삭이면서 주님을 이야기하네
아름다운 샘물과 같이
하얀 꽃 무지개가 나를 부르네
환상의 사닥다리가 오르락 내르락 하네
나를 올라오라고 천사가 손짓하네

심령이 가난한 자여 오라
내가 너를 편히 쉬게 하리라
믿음으로 말미암아 의에 거하고
주님의 보혈을 믿는 자여
다 일어나 복음을 전하라
성령아 너희에게 일하는 자여
깨어서 기도하라 깨어서 기도하라
죽어서 후회한들 무엇 하리오

살아계실 때 주님을 앙모하라
주께 찬양하라
갈보리 언덕에 온갖 고통을 생각할 때
나의 죄 때문에 죽으사
주님의 놀라운 사랑을 전하면서 눈물을 뿌리게 하소서

소년의 기도 2

주님!
성찬식 때
떡을 떼어 이것이 나의 살을 기념하라
그의 포도주를 마시자 이것이 나의 피로 증거 하라
이것을 먹고 마시는 자는 다 일어나 복음을 전파하라

주님의 사랑의 십자가를 바라보라
무엇이 보이는가 회개하라 악한 자여
하나님 외에 다른 신들을 사모하는 악한 것들아
너희의 창자를 찢어 까마귀가 먹을 것이요
그때는 후회 말라 가까이 오고 있으니까?

상한 갈대를 꺾지 않고
꺼져가는 심지를 끄지 않는
사랑이 많으신 주님
주님의 사랑을 영원히 찬양하네

잠에서 깨어나라 악한 자여
고난의 십자가를 지고 가는 주를 바라보아라
때가 가까우며 회개하라
귀하시고 귀하신 보배 함을
주님 홀로 받으시고 마음을 채우소서

손발이 닳도록 주님을 사모하면
그 나라 가기까지 험한 십자가를 지고
주님을 따라가리라
오소서, 오소서 만국의 왕이시여
나의 마음에 들어오시네

고달픈 쓴잔을 마시면서
고독한 삶과 함께하면서
죽음을 상징하는 사자가
피를 토하면서
마음이 악한 자여 회개하라
천국이 가까워졌느니라

마음에 가까운 의심을 버리고
활기찬 새 역사를 창조하여
주님을 기쁘게 해 드리면서
복음을 전하리
벙어리가 되어도 주를 찬양하리라
내 한평생 주를 위해 살리라

마음이 편한 자여
더욱더 감사하라
주께 감사하라
내 육신이 강건 하는 걸 주께 감사하라
남편 된 자여 아내를 사랑하라
여자여 남편에게 순종하라
세상이 강박하여 혀를 잘라 버리고

번쩍이는 칼날을 깨물어 죽음에 이르리라
보라!
세상 죄를 지고 가는 어린양을 보라
높고 위대하신 주님을 보라
주님을 높이고 높이 찬양하라
할렐루야!

사슴이 시냇물을 갈급하듯이
우리도 주님을 사모하는
마음을 변치 말자꾸나
나의 평생 선하시고 인자하심이 영원하시리라
늘 나를 눈동자같이 감찰하시고
나의 기둥과 반석이 되신 여호와여
당신을 영원히 찬양하리라
뭇 천사도 당신을 찬양하리라

인자하고 영존하신 주님은
내 삶의 거룩한 동반자여
만군의 여호와 것을 도적질하지 말라
빛 되신 여호와께 드려라
세상에서 축복하리라
오소서 성령님이여
나의 마음을 주장 하소서

육신의 부모가 없어도
영혼의 부모가 되신 주님

나 늘 주님의 오른손으로 잡아주소서
험한 길에 들어서도 주님과 교제가
끊어지지 않게 하소서

나의 영롱하신 주님
위대하게 찬양받으실 주님
주께 찬양하리라
고난과 역경 속에서
나와 함께 하신 주님
세상 사람은 나를 버려도
주님은 나의 친구가 되시면서
나를 위로해 주시고
나의 오른팔이 되시고
나의 지팡이가 되시는 주님
나의 삶을 주장 하소서

찬송하리다 영원히 찬양하리라
결코, 저버리지 마음으로 기도합니다
질병으로 쓰러질 때 나를 위해 중보기도 하신 주님
위대하고 자비로우심이 우주를 광활하게 하고
사랑으로 덮으시고 감싸 안아 주시는 당신
목마르고 배고플 때 나를 찾아와
배부르게 먹여 주심을 감사합니다

나의 생명을 연장해 주신 주님
벌레만도 못한 나를 사랑하시고
주님 못 박힌 손으로 어루만져 주시고

인자하신 따뜻한 말씀으로 일용하게 주시며
간악한 마음을 피로써 정결하게 하신
주님 영원히 찬양 드립니다

우리 죄를 위하여
수많은 조롱과 고난 속에서
성도를 사랑하시고 사랑하신 주여
나를 불쌍히 여기소서
온몸이 죽음에 저촉하여 새 삶을 꾸려나가면서
결혼한 날을 예비하신 주님
주여 나의 삶을 주장 하소서
인생길 험하고 고단할지라도
매일 생사를 주장 하소서
세상의 가시 엉겅퀴를 헤쳐 나갈 수
있는 지혜를 주소서

대저 여호와여 힘을 주소서
나는 영혼을 위해 기도하게 하소서
믿지 않은 가족을 구원 하소서
영화로운 주님의 선물을 받게 하소서
위대한 주님을 찬양하게 하소서
알파와 오메가 되신 주님
주님 홀로 영광 받으소서
가슴을 찢어 주시고 악을 제하고
주님의 사랑으로 덮어 주소서
영화롭게 거룩하게 한 날
새사람이 탄생하는 날

주님을 저버리지 못한
나의 확신을 영화롭게 거룩하게
삶을 가지고
오직 예수만 위해
살기를 원합니다
여호와여 찬양합니다
아멘 예수여 오소서 어서 오십시오

변하지도 때 묻지도 않는
참사랑을 주신 예수님
인간의 헛된 욕망과 죄악을 용서하시고
참 은혜를 주옵소서

저 꼭대기 십자가를 바라보면서
하염없이 내리는 빗줄기를 바라면서
조용히 눈을 감는다

머나먼 당신의 뜻을 위해
무릎 꿇고 기도 올립니다
당신은 무한한 사랑을 위해
조용히 눈물 흘렸습니다
고운 달무리와
사랑의 광명한 태양과 같이
지켜 주심을 영원히 찬양 드립니다
할렐루야!

천만번 불러도 다시 보고 싶은

- 저 자   영백 김 백 준

- 발 행   2019년 4월 25일
- 인 쇄   2019년 4월 25일

- 인쇄출판   제이비(JB) T.063)902-6886
  전라북도 전주시 덕진구 서가재미1길 18-5

- 공 급 처   생각너머 책글터
  T. 031)8071-1181   F. 031)8071-1185

₩ 12,000원

03800

ISBN 979-11-963822-5-4